# अपना पराया

कुशवाहा 'कान्त'

डायमंड बुक्स

प्रकाशक  :  डायमंड पॉकेट बुक्स ( प्रा. ) लि.
          X-30 ओखला इंडस्ट्रियल एरिया, फेज-II
          नई दिल्ली-110020
फोन       :  011-40712200
ई-मेल     :  sales@dpb.in
वेबसाइट  :  www.diamondbook.in

---

# Apna Paraya

*By : Kushwaha Kant*

# अपना पराया

फरसा चलाते-चलाते थक गया था वह। मस्तक पर पसीने की बूंदें उभर आई थीं। बदन पर की निमस्तीन भीग कर लता हो रही थी, फिर भी वह काम करने की धुन में मस्त था।

अभागे गरीब किसानों का जीवन परिश्रम पर ही तो निर्भर है।

नाम था उसका भीखम। वहीं खेत के किनारे एक छोटी सी मड़ैया में रहता था वह। चालीस वर्ष की अवस्था थी। दूर-दूर तक किसानों में उसका नाम था, क्योंकि उसकी फसल बहुत अच्छी हुआ करती थी। वह जाति का काछी था।

फरसा चलाना बंद करके उसने पुकारा—'बिटिया...! ओ बिटिया...!'

'आई काका!' झोंपड़ी में से आवाज आई और मैली-कुचैली साड़ी पहने हुए एक सुंदर सी बालिका झोंपड़ी से बाहर आकर बोली—'क्या है काका? तमाकू पीओगे क्या?'

'हां बिटिया एक चिलम भर ला!' कहकर भीखम खेत की मेंड़ पर बैठकर सुस्ताने लगा।

वह भीखम की बेटी थी। नाम था घटा। घटा जैसे उसके काले केश पैर की एड़ी को चूमते थे। उसके मुख की प्रफुल्लता पौधों की हरियाली को भी मात करती थी। उसके दांत भुट्टे के दानों जैसे चमकते थे, चमाचम! उसकी बड़ी-बड़ी आंखों में शराब जैसी मादकता थी, वाणी में ईख के रस जैसा मिठास था। वह ग्रामीण बाला थी, ग्राम्य-सौन्दर्य की अद्वितीय प्रतिमा थी।

'लो काका!' हाथ में भरी हुई चिलम लिए खड़ी थी वह। उसकी आंखों में समुद्र जैसी गम्भीरता थी और ओठों पर फूलों की-सी मुस्कान।

'लाओ, बिटिया!' भीखम ने घटा के हाथों से चिलम ले ली। तमाकू पीते हुए बोला— 'इस साल बरखा ऐसी बे-वक्त हुई कि खेत जोतने का बखत नहीं मिला। बित्ता भर घास खेतों में रम रही है, अगर आज भी खेत ठीक करके भांटे का बेहन न लगा सका, तो परमेश्वर ही सहाय हैं।'

'मैं फरसा चलाती हूं काका...।' घटा ने कहा—'बेहन आज ही लगेगा...।'

'रहने दे बिटिया! तू जाकर बैले को सानी दे दे। आज तेलिन खरी भी नहीं दे गया। वे ससूरे बैल ऐसे हैं कि बिना खरी के मुंह नाद में नहीं मारने के।'

घटा झोंपड़ी में चली गई। भीखम बैठा-बैठा तमाकू पीता रहा। एकाएक वह चौंक पड़ा और हाथ की चिलम रखकर झटपट उठ खड़ा हुआ। उत्तर की ओर से एक दीर्घकाय हाथी आ रहा था जिस पर कोई सवार था। हाथी के पीछे पांच लठैत, लंबी लाठियां लिए हुए चले आ रहे थे।

'तनिक मचिया उठा लाना, बिटिया!' भीखम ने पुकारा।

घटा तुरंत मचिया ले आकर बोली—'मचिया क्या करोगे काका?'

वह देख, बड़े ठाकुर आ रहे हैं। आज कई महीनों पर इधर मुंह किया है।' भीखम ने कहा।

'ठाकुर का हाथी देखकर मुझे बड़ा डर लगता है, काका!'

'बड़ा जबर हाथी है, बिटिया! पैरों में देखो, कितने मोटे सांकड़े लिपटे हैं। जब बिगड़ जाता है, तो सिवा बड़े ठाकुर के और किसी की नहीं सुनता। आखिर जर्मींदार का हाथी है न'

घटा मचिया रखकर पुनः झोंपड़े में चली गई। हाथी धीरे-धीरे पास आता जा रहा था। उस पर बैठे थे दाढ़ीराम गांव के सुप्रसिद्ध जर्मींदार, ठाकुर दीप नारायण सिंह। लम्बे डील-डोल के कद्दावर आदमी थे ठाकुर साहब! बढ़ाती में भी खासा बल था उनके बदन में। सीधे-सादे लिबास में रहते थे। कभी-कभी अपने हाथी पर चढ़कर जर्मींदारी की देख-रेख करने निकलते थे। उनकी वेशभूषा में ग्राम्य जीवन की झलक थी।

भीखम के खेत के पास आकर महावत ने हाथी बैठा दिया।

ठाकुर साहब नीचे उतरे। रौबीले चेहरे पर बड़ी-बड़ी मूंछें गजब ढा रही थीं।

भीखम ने आगे बढ़कर सलाम किया—'जुहार, ठाकुर!'

'जुहार, भीखम चौधरी।' ठाकुर मचिया पर बैठ गये। लठैत उनके पीछे अदब से खड़े हो गये।

भीखम हाथ जोड़कर सामने बैठ गया।

'बहुत दिनों पर सरकार ने इधर पांव रखा।' भीखम बोला।

'बड़ी झंझट रहती है, चौधरी। कहो तुम अच्छे तो हो?'

'सब आपकी दया है, सरकार! मजूरी मसक्कत करके किसी तरह दिन काट रहा हूं।'

'भांटा लगाने की मंसा है क्या?' ठाकुर ने पूछा।

'हां ठाकुर, अब की तो भांटा ही लगाऊंगा। देखूं, भगवान क्या देते हैं?'

'घटिया तो अच्छी है न चौधरी?' ठाकुर का मतलब भीखम की लड़की घटा से था।

'अच्छी ही है, ठाकुर! छोटे ठाकुर शहर से आये या नहीं?' छोटे ठाकुर ने भीखम का तात्पर्य था ठाकुर के इकलौते बेटे, आलोक नारायण सिंह से।

'अब उसकी पढ़ाई खत्म हो चुकी है, परसों वह घर आ गया है।'

ठाकुर साहब दाढ़ीराम गांव के जर्मींदार थे। दाढ़ीराम मिर्जापुर शहर से चौदह मील पूर्व की ओर जंगलों और पहाड़ों से घिरा हुआ गांव है। आसपास के सभी गांव ठाकुर साहब के ही हैं। ठाकुर साहब का व्यवहार अपने आसामियों से अत्यंत निर्मम था। सभी डर से कांपते रहते थे। जिस समय ठाकुर की सवारी आने लगती थी, उस समय कोई भी उनके सामने पड़ने का साहस न करता था। ठाकुर साहब बड़े ही क्रोधी एवं जिद्दी स्वभाव के थे, मगर भीखम चौधरी से उनकी पटती थी।

भीखम चौधरी ने ठाकुर को उठते हुए देखकर, उनके हाथ पर दो रुपये रख दिये। यह नजराना था। ठाकुर जिसके पास भी जाएं, उसके लिए यह आवश्यक था कि वह या तो कुछ रुपये या कुछ सामान ठाकुर की नजर करे। यह पुश्तैनी रीति थी।

ठाकुर हाथी पर जा बैठे। भीखम ने जुहार की। हाथी आगे की ओर चल पड़ा।

ठाकुर दीपनारायण सिंह की हवेली दाढ़ीराम गांव में थी और भीखम का घर था सेहटा गांव में। दोनों गांवों की दूरी छः फरलांग थी। इन दोनों गांवों के अतिरिक्त बीस अन्य गांव भी ठाकुर की जमींदारी में थे।

एक टूटे-फूटे घर के पास जाकर ठाकुर का हाथी खड़ा हुआ, तो लठैत ने पुकारा— 'मनराखन।'

पुकारते ही एक जर्जर बूढ़ा किसान झोंपड़े से बाहर निकला। ठाकुर को आया देख वह सिर से पैर तक कांप उठा। किसी तरह उसके मुख से निकला—'जुहार ठाकुर!'

'जुहार!' ठाकुर की आवाज में बादलों जैसी गरज थी और बूढ़े किसान के पैरों में जूड़ी बुखार-सी कंपकंपी थी।

'तुम्हारे रुपये अभी तक हमें नहीं मिले, मनराखन! मेरे तकादे तुम तक पहुंचे थे न?'

'पहुंचे थे बड़े ठाकुर! बड़ी तकलीफ में हूं, सरकार! अगर आपकी दया न हुई तो मर जाऊंगा।'

'मरो या जियो, मुझे इससे कोई मतलब नहीं, मुझे तो मेरे रुपये चाहिए। तुम्हारे मरने-जीने का हुज्जत करने हम नहीं आये हैं।' ठाकुर क्रोध से बोले।

'बस एक महीने की मुहलत और चाहता हूं ठाकुर...। पाई-पाई का चुका दूंगा। इस बखत कोई बन्दोबस्त नहीं हो सका है, सरकार!' किसान पत्ते की तरह कांपता हुआ बोला।

'मैं तुम हरामखोरों की नस-नस जानता हूं—।' ठाकुर गरजे—'सीधे से दोगे या और कोई इंतजाम करूं?'

'कैसे दूं सरकार! कहां से दूं?' किसान बोला—'कुहड़े की फसल खड़ी थी, सौ-पचास रुपये का आगम था। उस दिन आपका हाथी मतवाला होकर इधर-उधर भाग-दौड़ मचा रहा था। एक पौधा भी खेत में साबुत नहीं बचा, ठाकुर! कोहड़े की एक बतिया भी मेरे काम न आई।'

'मुझे दोष देने चला है? कमीना कहीं का...।' ठाकुर की ठोकर खाकर बेचारा किसान तड़प उठा। ठाकुर गरजे—'घरहा। सम्पत! बिरजू! सूरज! बाबा!' (ये नाम ठाकुर के पांचों लठैतों के थे)—'देखो तो इसके घर में जाकर। ससुरे घर में गांजे रखते है और हमसे कहते हैं कि ठाकुर एक बतिया भी नहीं बची।'

पांचों लठैत घर में घुस पड़े। भीतर से औरतों के चीखने-चिल्लाने की आवाज सुनाई पड़ीं। खोज-खोजकर एक बोरी गेहूं बाहर निकाल लाये वे लठैत।

'क्या है?' ठाकुर ने पूछा।

'गेहूं हैं, गरीब परवरा।' एक लठैत ने कहा।

'गेहूं है—' ठाकुर चिल्लाकर बोले—'हम जौ खा रहे है और ये सब गेहूं खाते हैं।'

'अगहनी के लिए रख छोड़ा था, ठाकुर! बोने का मसौदा था। खाने-पीने की तकलीफ बहुत झेली, सरकार! मगर इस गेहूं को मैंने हाथ नहीं लगाया था। पैरों पड़ता हूं, बड़े ठाकुर! गरीब किसान का यही सोना है, इसे न ले जाइये।' किसान अत्यंत दीन स्वर में बोला।

'चुप रे—।' एक लठैत बोला और उसकी लम्बी वजनी लाठी गद् से किसान की पीठ पर जा पड़ीं। ठाकुर हाथी पर जा चढ़े। हाथी आगे बढ़ा। किसान बिलखता रहा। उसका सोना लुट गया था।

# दो

सेहटा गांव में रहने वाले वैदराज बदबद का नाम दूर-दूर तक प्रसिद्ध था। वे जड़ी-बूटियों के अच्छे जानकार थे। उनके दरवाजे पर दस-बीस रोगी सदा बैठे रहते थे। वैदराज बदबद ठाकुर दीप नारायण सिंह के घरेलू वैद्य थे। वैदराज का शरीर मोटा और थुलथुल था। मुंह पर सदैव मुस्कान बिखरी रहती थी।

उस दिन वैदराज दो-चार शिशियां समाने रखे हुए बैठे थे। एक बूढ़े मियां कहीं दूर से वैदराज का नाम सुनकर आये थे। वैदराज ने उनके शिथिल शरीर पर दृष्टि डालकर सहज हास्यपूर्ण वाणी में पूछा—'कहो बड़े मियां! किसकी तलाश में हो?'

बड़े मियां ने समझा कि वैदराज उससे मजाक कर रहे हैं। उन्होंने भी उसी लहजे में जवाब दिया—'जवानी की तलाश में आया हूं वैदराज!'

वैदराज समझ गये कि बड़े मियां ने मुंहतोड़ जवाब दिया है।

वे हाजिर जवाब तो थे हां, झट बोल बैठे—'झूठ न बोलो बड़े मियां। यह कहो कि कब्र के लिए जमीन खोजते हुए यहां तक चले आये हो, मगर वह मेरे पास नहीं है...!'

सभी लोग हंस पड़े। इतने में ही ठाकुर साहब की सवारी आ पहुंची।

वैदराज ने ठाकुर को जुहार की और उन्हें ले जाकर गद्दी पर बैठाया।

'अच्छे तो हो ठाकुर?' वैदराज ने पूछा।

'जिंदगी के साठ साल सरक गये, मगर कभी अच्छा नहीं रहा, वैदराज!' ठाकुर बोले।

ठाकुर साहब के दो स्वरूप थे—आसामियों के साथ उग्र और मित्रों के साथ नम्र।

'छोटे ठाकुर को आपने जुट्ट पोस्ट कार्ड जल्द घर आने के लिए लिखा था। अभी तक वे आये या नहीं?' पूछा वैदराज ने।

'परसों आया है...!' ठाकुर बोले—'उसके रंग-ढंग बेढब नजर आ रहे हैं, वैदराज! पढ़ाई कब की खत्म हो चुकी थी, परंतु फजूल शहर में पड़ा मटरगस्ती कर रहा था।'

'शहर की हवा लग गई है ठाकुर! 'इट फिट गेट आउट' आप भी सुनने को तैयार रहो—' वैदराज हंस कर बोले—'छोटे ठाकुर की शादी के लिए जल्दी किसी मेम की खोज करो।'

'चुप रहो वैदराज! आंखें फोड़ डालूंगा, मगर यह सब न देख सकूंगा। लोग सच कहते थे कि लड़कों को अंग्रेजी पढ़ाना सनातन का नाम डुबाना है। अब तो गलती हो गई, वैदराज! तुम उसे देखो तो घृणा से अपनी आंख मूंद लो। सब शहराती रंग-ढंग हो गये हैं उसके। कहता है शादी नहीं करूंगा।'

'ठीक ही तो है ठाकुर! शादी करके होगा भी क्या? अब तो ऐसी-ऐसी दवाएं फैल गई हैं कि उसके खाने से बच्चा पैदा ही नहीं होता और इसलिए व्यभिचार का बोल-बाला है, फिर आप ही बताओ, शादी की क्या जरूरत?' कहकर वैदराज ने पुनः अपनी हंसी बिखेर दी।

'तुम्हारे दिमाग में तो वैदराज, गोबर भरा है, गोबर।' ठाकुर बोले।

वैदराज ने ईंट का जवाब पत्थर से दिया—'परसाल उसी गोबर में से दवा निकालकर आप को दी थी, तभी आप इतनी जल्दी अच्छे हुए थे।'

दोनों एक दूसरे से मात खाकर हंस पड़े।

'लाखन चमार की याद तो अब न आती होगी, ठाकुर?' बोले वैदराज!

'रात-दिन आती है, वैदराज—! उसी बेईमान का पाप मेरे सिर पर चढ़कर बोल रहा है—।' ठाकुर न जाने क्यों लाखन का नाम सुनकर सिहर उठे। उनके तगड़े शरीर में एकाएक कुल कम्पन हुआ, साथ ही कांपता हुआ स्वर निकला—'उसका नाम न लेना वैदराज, दीवारों के भी कान होते हैं। मेरी इज्जत-आबरू सिर्फ उस एक भेद पर अटकी हुई है।'

वैदराज का मुर्दा भी वह भेद किसी पर प्रकट नहीं करेगा, ठाकुर! आप निश्चिंत रहो।' वैदराज ने कहा।

ठाकुर उठ खड़े हुए।

वैदराज ने जाते हुए ठाकुर को जुहार की।

थका-मांदा खेत से लौटने पर भीखम ने दरवाजे पर से ही पुकारा—'बिटिया, एक लोटा पानी तो दे जा।'

पुकार कर वह मचिया पर जा बैठा। घटा झोंपड़ी में थी। चटपट लोटा उठाकर भरने चली, तो मालूम हुआ कि गगरा खाली है। वह बोली—'गगरे में पानी नहीं रहा काका, अभी तालाब से लिए आती हूं।' और बिना किसी उत्तर की प्रतीक्षा किए, उसने लोहे का गगरा सिर पर रखा और तालाब की ओर चल पड़ीं।

आम और जामुन के पेड़ों से आवृत एक आकर्षक तालाब था। एक ओर पक्का घाट भी बना हुआ था। स्वच्छ पानी के ऊपर दूर-दूर तक कोकाबेली के फूल फैले हुए थे, इस समय संध्याकालीन लालिमा पश्चिमाकाश पर लहरा रही थी। सूर्य का प्रकाशमान गोला, रजनी देवी की गोद में मुंह छिपाने का उपक्रम कर रहा था। तालाब पर कोई नहीं था। केवल एक युवक घाट की सीढ़ी पर बैठा हुआ ध्यान से कोई पुस्तक पढ़ रहा था।

युवक की वेशभूषा आधुनिक होते हुए भी, साधारण थी। सिर पर गांधी टोपी, शरीर पर खद्दर का कुर्ता और खद्दर की धोती थी। चप्पल अलग पड़े थे। कपड़े साफ थे। मुख पर गम्भीरता एवं नम्रता झलक रही थी। वह पुस्तक पढ़ने में तन्मय था। आस-पास की सुध न थी उसे कोकाबेली के फूल हंस रहे थे। पास ही पीपल के पेड़ से सर-सिर करती हवा बह रही थी, मगर आंखें पुस्तक की लाइनों पर अविराममयी दौड़ रही थीं। उसके दोनों पांव पानी में लटके हुए थे।

झिझक पड़ीं वह तालाब के किनारे एक शहराती युवक को बैठा देखकर। यह आज एक नवीन घटना थी उस तालाब के किनारे। उसका साहस तालाब तक जाने को न हुआ। आज से पहले सैकड़ों बार वह तालाब में कूद कर घंटों तैरी है, मगर आज वह झिझक क्यों?

वह पीपल के पेड़ की ओट में खड़ी होकर उस युवक की ओर देखने लगी। बहुत देर तक देखती रही। बड़ा देर तक खड़ी रही। उसे सिर से पांव तक देख डाला। वह बहुत ही सुंदर प्रतीत हुआ, उसे लगा, जैसे वह कोई अपना ही सगा-सम्बंधी है, जैसे उसकी रग-रग में उसके प्रति ममता भर गई है, जैसे उसके पैर शिथिल होकर बैठ जाना चाहते हैं।

युवक पुस्तक पढ़ने में तल्लीन था। हवा का झोंका आया। उसका ध्यान भंग हो गया।उसने देखा कि उसकी टोपी पानी में गिर पड़ी है और बहती हुई तालाब के बीच की ओर जा रही है। लपक कर उसने उसे पकड़ना चाहा, मगर तब तक वह दूर जा चुकी थी। तैरना उसे आता न था, इसलिए उसने पानी में उतरने का साहस नहीं किया।

लाचार वह उठ खड़ा हुआ और तालाब के ऊपर की ओर चला। घटा सब कुछ देख रही थी। युवक को हताश देख वह खिलखिलाकर हंस पड़ीं, यद्यपि उसने हंसी रोकने की बहुत कोशिश की थी।

मधुर हंसी की आवाज सुनकर युवक ने उस ओर देखा। दोनों की आंखें चार हो गयीं। घटा शरमा गई। उसके मुख पर से हंसी गायब हो गई, हंसी के स्थान पर लज्जा की लालिमा छा गई।

युवक कुछ बोला नहीं, गम्भीर बना रहा। उसकी व्यंग्य पूर्ण हंसी पर नाराज भी नहीं हुआ। चुपचाप आगे बढ़ चला।

इसी समय गांव के तीन-चार लड़के वहां आ पहुंचे। घटा ने उनमें से एक को बुलाकर उसके कान में न जाने क्या कहा। वह लड़का दौड़कर उस युवक के पास पहुंचा और चिल्लाकर बोला—

'बाबूजी! आपकी टोपी?'

फिर क्या था, सभी लड़के दौड़ पड़े और उस युवक को चिढ़ाने लगे। घटा दूर से यह सब देखकर प्रसन्न हो रही थी। युवक चुपचाप आगे बढ़ा जा रहा था...एकदम गम्भीर व्यक्ति की तरह।

एकाएक घटा घूम पड़ीं। खट-खट सीढ़ियां उतरकर तालाब की अंतिम सीढ़ी पर आई। गगरा नीचे रख दिया और छपाक से पानी में कूद पड़ीं। तैरना वह खूब जानती थी। कुछ ही देर में युवक की टोपी उसके हाथ में आ गई। उसे लेकर वह घाट के किनारे आ खड़ी हुई। एक लड़के को बुलाकर उसने वह टोपी उसके हाथ पर रख दी और बोली—'वो जो बाबू जा रहे हैं न! दौड़कर जा, उन्हें यह टोपी दे आ। झब्बर! जरा जल्दी कर भइया...। नहीं तो बेचारा चला जाएगा।'

लड़का दौड़ चला टोपी लेकर। शीघ्र ही वह उसके पास पहुंच गया और टोपी युवक को दे दी। युवक कुछ बोला नहीं। चुपचाप टोपी हाथ में लेकर चल पड़ा। घटा कौतूहल से उसे देख रही थी। उसे उस युवक का अतिशय गम्भीर्य आश्चर्यजनक लगा, जैसे वह लापरवाह बहुत हो, जैसे वह सरलता की प्रतिमूर्ति हो, जैसे वह अर्ध-पागल हो।

वह भूल गई कि उसे काका के लिए पानी लेकर जल्द लौटना है। वह यह भी भूल गई कि पानी में कूदने के कारण उसके कपड़े गीले हो रहे हैं। वह सीढ़ियों पर बैठकर विचारों में तल्लीन हो गई। वह ग्रामीण युवती थी। भावुकता उसमें न थी। प्रेम की टीस समझ सकने की शक्ति भी उसमें न थी, फिर भी, वह कुछ-कुछ पागल-सा युवक जो उसके जीवन में इस प्रकार आ पहुंचा था, उसी के विषय में वह सोच रही थी—'कौन है? कौन होगा...? इस गांव का तो नहीं मालूम पड़ता...उंह! होगा कहीं का? उससे क्या मतलब?'

वह बैठी रही तब तक, जब तक कि रात्रि की कालिमा ने उसे अपनी बांहों में समेट नहीं लिया। वह घड़ा भरकर, चल पड़ीं घर की ओर। आज उसे ऐसा लग रहा था, जैसे उसकी सारी बाह्य चपलता विलीन हो गईं हो, जैसे उसकी रग-रग में यौवन का उन्माद भर गया हो, जैसे पग-पग पर वह जवानी की मदहोशी की ओर बढ़ रही हो।

चलते-चलते चौंककर खड़ी हो गईं वह। देखा उसने, वहीं युवक एक पेड़ की ठूंठ से उठंग कर कुछ सोचता हुआ, न जाने कितनी गंभीरता एवं लापरवाही से खड़ा है।

युवक ने नजर उठाई। उसने घटा को विस्मय पूर्ण दृष्टि से देखा। उस समय घटा का भीगा हुआ वस्त्र उसके अंग-प्रत्यंग से इस प्रकार चिपका हुआ था, जैसे घटा के यौवन से वह कभी बिछुड़ना ही नहीं चाहता। उसके पुष्ट वक्षस्थल का उठना-बैठना स्पष्ट दिखाई पड़ रहा था और मुखाकृति पर जवानी का तेज चमक रहा था।

उसकी दृष्टि घटा की छाती पर इस तरह अटक गईं थी, जैसे कभी हटेगी नहीं, जैसे वह यौवन की सीमा नाप रहा हो, जैसे उसकी सुंदरता एवं कम्पन देखकर वह जड़भूत हो गया हो, जैसे उसकी चेतना घटा की छाती पर जा बसी हो।

'अभी तक यहीं हो बाबू?' अनायास ही उसके मुंह से निकल पड़ा।

मधु-मिश्रित स्वर ने युवक की विचारधारा भंग कर दी। गम्भीरता की जगह सरल मुस्कान ने ले ली। मुस्कराते हुए उसने कहा—'तुमने मेरे लिए बहुत कष्ट उठाया है, अतः मैं धन्यवाद देता हूं।'

घटा कुछ बोली नहीं।

उसे लगा, जैसे वह लज्जा से गड़ी जा रही है, जैसे उसका यौवन चोट खाकर तड़प उठा है। एकाएक उसके नेत्र युवक के मुख पर जा पड़े। वह रोमांचित हो कांप उठी। उसने देखा, युवक की आंखों में 'कुछ' नहीं 'बहुत' कुछ था। वह सहमकर चुपचाप आगे बढ़ चली। युवक पुनः तल्लीन होकर सोचने लगा।

घटा तेजी से पग बढ़ाती हुई घर पहुंच गईं उसका हृदय धड़क रहा था। उसने उस युवक की आंखों में जो 'कुछ' देखा था, वह उसके अंतर में प्रवेश कर उसे गुदगुदा रहा था। वह थी यौवन की आंधी। घटा को लगा जैसे वह प्रेम-नदी की तीव्र धारा में बही जा रही है।

'बड़ी देर कर दी, बिटिया।' भीखम ने कहा।

वह अभी तक घटा की प्रतीक्षा कर रहा था।

'नहाने लगी थी, काका! इसीलिए देर हो गई।' घटा अन्यमनस्क भाव से बोली और गगरा जमीन पर रखकर अंदर चली गई।

भीखम गगरे में से पानी लेकर हाथ-पैर धोने लगा।

वैदराज बदबद हाथ मलते हुए बेचैनी के साथ कमरे में टहल रहे थे। मुखाकृति पर चिंता एवं क्रोध का सम्मिश्रण था। कभी-कभी हंसकर उस अधेड़ व्यक्ति की ओर तेज निगाहों से देख लेते थे, जो पास ही गद्दी पर बैठा हुआ था। कमरे में और कोई न था।

'आज महीना भर हुआ, वह जेल से भाग आया है...।' उस अधेड़ व्यक्ति ने कहा। वेशभूषा से वह शरारती मालूम होता था।

'हां।' वैदराज रुके, पुनः टहलने लगे।

'यों तो वह लड़कपन से ही सनकी-सा था, मगर जेल से भाग आने पर तो वह पूरा सनकी हो गया है। उसका दिमाग एकदम खराब हो गया है। न किसी से ठीक से बोलता है, न किसी बात का उचित जवाब ही देता है।' अधेड़ व्यक्ति ने कहा।

'मगर जेल से भागा कैसे वह?'

'पता नहीं भैया! कुछ भी नहीं बताता, जैसे सुनता ही नहीं कुछ। यह तो मेरा ही हौसला था, जो मैं किसी तरह छिपता-छिपाता उसे लेकर यहां आ पहुंचा हूं।'

आज से बीस साल पहले की बात तुम्हें याद है न?' वैदराज ने उतावले स्वर में कहा और तब उसकी आंखों में बीस साल पहले की घटना साकार हो उठी।

'बिल्कुल याद है, भैया।' बोला वह—'उस अंधेरी रात में तुम वर्षा में भीगते हुए एक नवजात शिशु को लेकर मेरे पास आए थे। तुमने उस शिशु के भरण-पोषण का भार मुझे सौंपा था। सभी तरह की मदद देने का वादा किया था। मैं उस शिशु का—उस अनाथ बालक का पालन-पोषण करने लगा। शिशु का नाम राज नारायण रखा गया। तुम हमेशा उसके पालन-पोषण के लिए प्रतिमास मेरे पास रुपये भेजते रहे। धीरे-धीरे वह बड़ा हुआ। स्कूल और, फिर कॉलेज में भरती हुआ। बड़ी तीव्र बुद्धि थी उसकी मगर सनकी-सा था वह।'

'मैं देखता हूं कि तुम उस बीती हुई घटना को बिल्कुल भूल नहीं सके हो, मगर देखना-भूलकर भी उस पर रहस्य प्रकट न हो वह यह कभी न जानने पाए कि तुम उसके पिता नहीं हो।' वैदराज ने कहा।

'अच्छा भैया! मैं भला उससे क्यों कुछ कहने लगा? तुम्हारे कहने ही से तो मैंने उस शिशु को मां की तरह पाला-पोसा है...।' अधेड़ व्यक्ति कुछ रुककर पुनः कहने लगा—'मगर, क्या-से-क्या हो गया? कैसी अनहोनी घटना घटी। कुछ षड्यन्त्रकारियों ने रेल पर डाका डाला। पुलिस की छानबीन के फलस्वरूप राज पकड़ा गया। सबूत एकदम पक्के थे। राज को आजन्म कैद की सजा हो गई—उसी राज को, जिसे तुमने एक दिन शिशु-रूप में मुझे सौंपा था।'

'आजन्म कैद की सजा हुई थी तो क्या?' वैदराज ने गर्व से कहा—'देश के लिए ही तो हुई थी, मगर सिर्फ सात महीने जेल में रहकर वह भाग आया। पता नहीं स्वतंत्रता की आग उस छोकरे के दिमाग में कहां से प्रवेश कर गई...।'

'यही सोचकर तो मैं हैरान हूं, भैया! पुलिस उसकी खोज में परेशान है। राज जैसा पागल इतना बड़ा डाका कैसे डाल सकता है? वह षड्‌यंत्रकारियों का मुखिया कैसे हो सकता है? मुझे तो विश्वास नहीं होता।'

'तुम जानते हो न कि वह मेरा बेटा नहीं है...।' वैदराज ने कहा।

'जानता हूं।'

'फिर उसे मेरे पास क्यों लाए?'

'मगर मैं यह भी तो नहीं जानता कि वह किसका बेटा है?' लाचार होकर उसे तुम्हारे पास लाना पड़ा, क्योंकि वह तुम्हारी धरोहर थी। उसे तुम्हें सौंपकर अब निश्चिंत हो जाना कहता है। बाज आया ऐसी धरोहर से।' अधेड़ व्यक्ति बोला।

'तुम सारा भेद नहीं जानते, वरना उसे यहां लेकर कभी न आते। शायद तुम भूले न होंगे, कि जब मैंने उसे तुम्हें सौंपा था, तो यह ताकीद कर दी थी कि उसे हमेशा शहर में रखना, कभी भूलकर भी इस गांव में न लाना।'

'जाने कैसा है वह भेद?'

'अभी उस भेद के खुलने का समय नहीं आया है। तुम्हें कल ही राज को लेकर शहर लौट जाना होगा, समझे। वहां जाकर सावधानी से रहना। वह बड़ा हो गया है, अतः मैं खर्च में वृद्धि कर दूंगा—।' वैदराज ने कहा और जाकर गद्दी पर बैठ गए।

'तुम जैसा कहोगे वैसा ही करूंगा, भैया।'

'यह भी याद रखो, तुम जितना उसे सरल और सनकी समझते हो, उतना वह है नहीं। मेरा विश्वास है कि पुलिस ने उसे झूठ-मूठ नहीं फांसा है, इसलिए हमेशा निगाह चौकस रखना और यह भी ध्यान रखना कि यह लड़का मेरे लिए बहुत महत्त्वपूर्ण है।'

'परंतु यह तो अबोध बालक-जैसा है भैया!'

'देखो, रामसिंह! तुम उसे जो कुछ भी समझो, मगर मैं निश्चयपूर्वक कह सकता हूं कि इस डाके में उसका हाथ जरूर था। वह युवक है, पढ़ा-लिखा है। जवानी के जोश में आकर बहक सकता है। उसका इस गांव में रहना ठीक नहीं, क्योंकि बड़े ठाकुर का लड़का शहर में राज के साथ ही पढ़ता था। वह राज को देखते ही पहचान लेगा। वह देखो, न जाने कहां से चला जा रहा है?' वैदराज कहते-कहते रुक गए।

उसी समय छरहरे बदन के एक प्रतिभा-सम्पन्न खद्दर धारी युवक ने वहां प्रवेश किया।

'कहां गये थे, राज?' पूछा वैदराज ने।

'कहीं नहीं, मामा! यूं ही आपके गांव में घूम रहा था।'

'सोचा, आज पहले-पहल आपके गांव में आया हूं, थोड़ा घूम-फिर लूं। वह पीपल के पेड़ के पास वाला तालाब मुझे बहुत पसंद आया है।' युवक सरलतापूर्वक बोला। उसकी मुखाकृति पर मुस्कान न थी, गम्भीरता थी।

'हूं—!' वैदराज तेज निगाह से राज को घूरते हुए बोले—'तुम्हारी टोपी भीग कैसे गई?'

'ओह! यह तो पानी में गिर गई थी, मामा! एक लड़की ने इसे पानी से निकालकर मुझे दी। क्या बताऊं, तैरना मुझे आता नहीं। तैरना जानते हुए भी वह बहाना बना गया।

वैदराज चुप रहे।

'आपका गांव बहुत अच्छा है, मामा! अब तो कुछ दिन यहीं रहूंगा...।' युवक राज ने कहा।

'नहीं कल तुम्हें यहां से जाना होगा, राज! तुम भागे हुए कैदी हो। शहर में जाकर छद्म-वेश में लुक-छिपकर रहना।' वैदराज बोले।

'पिताजी की भी यही राय है?'

पिताजी से राज का मतलब रामसिंह से था। बेचारे युवक को क्या मालूम था कि वह उसका पिता नहीं है। वह क्या जाने कि उसकी जन्म कथा रहस्यमय है, जिसकी गुत्थी वैदराज के हाथों में है।

'हां, कल किसी समय हम लोग यहां से चल देंगे।' रामसिंह ने कहा।

युवक राज नारायण सिर झुकाकर बैठ गया और कुछ सोचने लगा। उसकी मुखाकृति गम्भीर हो गई।

ठाकुर दीप नारायण सिंह जब जलपान करने आए तो उन्होंने ठकुराइन से पूछा—'आलोक जलपान कर चुका?'

'हां!' ठकुराइन ने छोटा-सा उत्तर दिया।

'है कहां वह?' ठाकुर ने पूछा।

'ठकुराइन अम्मा के पास बैठा है।' ठकुराइन ने कहा।

ठाकुर दीप नारायण सिंह की माता को सभी लोग ठकुराइन अम्मा कहां करते थे।

'अम्मा ने ही तो उसे सिर पर चढ़ा रखा है। बड़ा बदमाश हो गया है वह—!' ठाकुर बोले।

'वह कहता है कि ठकुराइन अम्मा को छोड़कर और कोई उसे प्यार नहीं करता।' ठकुराइन बोली—'मैं उसकी मां हूं, मगर मुझसे भी जाने क्यों असन्तुष्ट रहता है।'

'मुझे तुम्हारा ख्याल है, ठकुराइन! नहीं तो मैं उसका दिमाग एक दिन में ठिकाने लगा देता।'

'क्या करूं, ठाकुर...? आखिर वह अपना ही तो कलेजा है।'

'मैं देख रहा हूं कि अब उसका मन यहां पर नहीं लग रहा है। आज कई दिन उसे यहां आए हो गए, मगर जमींदारी की ओर आंख उठाकर भी उसने नहीं देखा है। अब उसकी पढ़ाई समाप्त हो चुकी है। जमींदारी के काम से भागना मुझे बिल्कुल पसंद नहीं। मेरे पीछे और कौन बैठा है?' ठाकुर बोले।

'अभी उसे समझ नहीं है। समझते-समझते सब समझ जाएगा, ठाकुर! उसे प्यार से समझाइए।' ठकुराइन ने कहा।

ठाकुर ने लम्बी सांस ली। सहसा ही उनके मुख से निकल गया—'अगर आज कोई अपना बेटा—।'

'तुम कैसी बात कहते हो...?' ठकुराइन ने बीच ही में टोक दिया—'वह अपना बेटा नहीं है, तो किसका...?'

मुख से अनायास निकल गई बात पर ठाकुर एकाएक चौंक पड़े, बोले—'है तो अपना ही बेटा, ठकुराइन, मगर हमारे जैसा दिमाग और स्वभाव उसका नहीं है। उस पर तुम और अम्मा, दोनों एक हो गई हो। उसे डांटने भी नहीं देतीं...भला कैसे सुधरेगा वह? जरा उसे बुलाओ तो!'

ठकुराइन अन्दर चली गईं और एक युवक को साथ लेकर लौटीं। युवक की अवस्था बीस साल की थी। वेशभूषा आधुनिक थी। रंग गोरा था। बदन पर साफ-सुथरा खद्दर का कुर्ता और जवाहर जैकेट थी।

ठाकुर ने उपेक्षा से युवक की ओर देखा युवक का नाम था ठाकुर आलोक नारायण सिंह। ठाकुर दीप नारायण का एकमात्र पुत्र था वह। पिता और पुत्र के विचारों में जमीन-आसमान का अन्तर था। एक था गरीबों पर अत्याचार करने वाला क्रूर जमींदार और दूसरा था सरल प्रकृति का सौम्य एवं शांत युवक। उसे गरीबों के प्रति सहानुभूति थी, पद-दलितों के प्रति दया थी और थी अपने पिता के प्रति भयंकर घृणा और विद्रोह की भावना!

'बैठो।' ठाकुर की आवाज में इतनी तीक्ष्णता थी, जैसे वे अपने पुत्र से नहीं, किसी आसामी से बात कर रहे हों।

चुपचाप बैठ गया आलोक।

'अब क्या करने का इरादा है तुम्हारा?'

'जो आप आज्ञा दें...।' युवक ने उत्तर दिया।

'तुम्हारी पढ़ाई खत्म हो चुकी है, मैंने तुम्हें, इसलिए पढ़ाया-लिखाया कि तुम मेरे काम में हाथ बटाओ। मेरा विचार है कि तुम अब जमींदारी का काम देखो।'

'बहुत अच्छा!' आलोक बोला।

'मेरे साथ आओ!' कहते हुए ठाकुर बाहर की ओर चले।

आलोक उनके पीछे-पीछे चला।

बैठक में आकर उन्होंने पुकारा—'सम्पत।'

तुरंत एक लठैत आ उपस्थित हुआ।

'कारिन्दे को बुलाओ।' ठाकुर ने कहा।

दूसरे ही क्षण जमींदार का कारिन्दा आ गया। उसने ठाकुर को अदब के साथ जुहार की और छोटे ठाकुर को सलाम।

'देखो—।' ठाकुर बोले—'तुम छोटे ठाकुर को जमींदारों का काम शीघ्र समझा दो और आज साथ ले जाकर सारी जमींदारी इन्हें दिखा दो।'

'बहुत अच्छा सरकार!' कारिन्दा बोला। उसने छोटे ठाकुर को साथ आने का संकेत किया।

आलोक चुपचाप उसके पीछे-पीछे चल पड़ा।

बड़ी देर तक जमींदारी के कागजात देखता रहा। आज उसके नेत्रों के समक्ष जमींदारों की हथकंडों की पोल खुल गई। उसका हृदय

घृणा से भर उठा। कैसे कर सकेगा वह इतनी क्रूरता, इतनी दगाबाजी, इतना छल-कपट! आज उसकी समझ में आया कि उसके पिता अमीर, सम्पन्न एवं जमींदार कैसे बने और अन्य ग्रामवासी निर्धन तथा दीनहीन क्यों हैं?

'विश्वासघात...! यही तो है जमींदारी का मूल मंत्र। अब उसे भी निर्धन ग्रामवासी कृषक का रक्त-शोषण करना पड़ेगा, अब उसे भी उनके जीर्ण-शीर्ण हड्डियों के ढांचे पर लात-घूसों की वर्षा करनी पड़ेगी।

अब समझ चुके छोटे ठाकुर...।' कारिन्दा बोला—'चलिए, अब जरा जमींदारी की सैर कर लीजिए।'

'आज नहीं...।' आलोक ने कहा—'कल चल के देख लूंगा।'

कागजात देखकर उसका हृदय घृणा से भर गया।

'कल नहीं, आज! समझे छोटे ठाकुर?'

आलोक ने पीछे से घूमकर देखा तो देखता ही रह गया। उसके पिता ठाकुर दीपनारायण सिंह उग्र मुद्रा धारण किए खड़े थे।

'आज तबीयत नहीं लग रही है, पिताजी।' आलोक ने साहस बटोरकर कह दिया।

'तबियत लगेगी कैसे...?' ठाकुर ने व्यंग्य किया—'कहीं सभा हो, गरीबों के सुधार की बातें सुननी हों, तब लग सकती है तुम्हारी तबियत, मगर उस काम में, जिससे तुम्हारा लाभ है, जिससे पलकर तुम इतने बड़े हुए हो—उसमें तुम्हारी तबियत नहीं लग सकती है, न?'

आलोक चुप हो गया। पिता के उग्र स्वभाव को वह बाल्यावस्था से ही देखता आया है। वह जानता है कि उसके पिता ने कभी उसे प्यार नहीं किया और न कर सकेंगे।

'कारिन्दा!'

'जी सरकार!'

'छोटे ठाकुर अभी जमींदारी देखने जायेंगे। हाथी तैयार कराओ और लठैतों को साथ में ले लो। तुम भी साथ चले जाना।'

ठाकुर के एक-एक शब्द में आज्ञा की कठोरता झलक रही थी।

'हाथी की क्या जरूरत है, पिताजी?' आलोक बोला—'पैदल ही चला जाऊंगा मैं।'

'पैदल...।' क्रोधपूर्ण हंसी हंसे ठाकुर—'ठाकुर का बेटा पैदल जाएगा? हाथी पर चढ़ते हुए शर्म लगती है। चमार के घर क्यों न पैदा हुए तुम?'

आलोक की मुखाकृति अप्रतिभा हो गईं वह चुपचाप बाहर निकल आया। हाथी तैयार खड़ा था, लठैत भी हाथों में लम्बी-लम्बी लाठियां लिए हुए अदब से खड़े थे।

छोटे ठाकुर को देखकर महावत ने हाथी बैठाया। छोटे ठाकुर हाथी पर जा चढ़े। हाथी मन्थर गति से चल पड़ा। कारिन्दा तथा लठैत पैदल चले।

## छ:

भोली-भाली ग्रामीण युवती घटा उस लापरवाह युवक को न भूल सकी, जिससे तालाब पर उसकी भेंट हुई थी। यद्यपि वह युवक अधिक कुछ न बोला था, फिर भी उसकी ओर घटा का हृदय आकर्षित हो रहा था। आखिर क्यों...? यह उसके लिए प्रश्न-चिन्ह था।

'बिटिया!' घटा न जाने किन विचारों में तल्लीन थी कि भीखम चौधरी ने उसे पुकारा।

'आई काका!' कहती हुई वह बाहर की ओर लपकी।

'मचिया लाकर बाहर रख दे बिटिया, आज बड़े ठाकुर, फिर आ रहे हैं।' भीखम ने कहा।

घटा की दृष्टि उधर जा पड़ीं, जिधर से एक विशाल हाथी झूमता हुआ चला आ रहा था और उसके आगे-पीछे थे पांच लठैत।

'अभी तो परसों ही आए थे, वे काका? दूसरी बार इतनी जल्दी पहले कभी नहीं आए?' घटा ने कहा।

'कोई पेंचदार मामला आ पड़ा होगा। बिटिया—।' भीखम बोला।

घटा ने मचिया लाकर दरवाजे पर रख दी और झोंपड़ी के अंदर जाकर चावल बीनने लगी।

'अरे, यह तो छोटे ठाकुर हैं...।' भीखम स्वतः ही बोला, फिर कई कदम आगे जाकर उसने छोटे ठाकुर का स्वागत किया।

'जुहार छोटे ठाकुर!'

'जुहार चौधरी काका!' छोटे ठाकुर ने उत्तर दिया।

बड़े ठाकुर भी भीखम की जुहार का उत्तर देते थे, परंतु उसमें अहंकार का सम्मिश्रण होता था। छोटे ठाकुर की वाणी में भीखम को सहृदयता और अव्यक्त स्नेह का आभास मिला। कितना अपनत्व पूर्ण शब्द है यह—'चौधरी काका!'

हाथी से उतरकर छोटे ठाकुर मचिया पर आसीन हुए। पांचों लठैत तथा कारिन्दा खड़े रहे।

'किधर से भूल पड़े, छोटे सरकार?' भीखम अदब के साथ सामने बैठकर बोला।

'अभी तो चार रोज हुए आया हूं, चौधरी काका! तुम्हारा क्या हाल है...?'

'सब ठीक है, छोटे ठाकुर! आप लोगों की कृपा पर जी रहा हूं।'

'देखो...।' छोटे ठाकुर कारिन्दा से बोला—'इस गांव के सब आसामियों को तुम यहीं बुलवा लो।'

'बहुत अच्छा...।' कारिन्दा ने कहा और उसने पांचों लठैतों को यत्र-तत्र भेज दिया।

भीखम बड़े ध्यानपूर्वक छोटे ठाकुर की वेशभूषा देख रहा था। खद्दर का परिधान उस गोरे छरहरे युवक के बदन पर खूब फब रहा था। वह सोचने लगा—कितनी सादगी एवं सरलता है

छोटे ठाकुर की बातचीत में। बड़े ठाकुर तो सदैव कीमती सिल्क की मिर्जई पहने रहते हैं। आंखें उनकी लाल रहती हैं। पता नहीं क्रोध से, अभिमान से या नशे से।

घटा चावल बीन चुकी थी। वह कुछ पूछने के लिए अल्हड़ता-पूर्वक बाहर दौड़ी आई और पुकार उठी थी---'काका!'

मगर छोटे ठाकुर पर दृष्टि पड़ते ही सहम गई, चौंक पड़ीं और भागती हुई अंदर चली गई।

छोटे ठाकुर ने भी घटा को देख लिया था। वह विचारों में डूब गया—कितना प्राकृतिक सौन्दर्य है उसके मुख पर। कितना आकर्षक यौवन लहरा रहा है उसके बदन पर। छोटे ठाकुर के नेत्र उसके सौंदर्य में अटक गए।

अन्दर जाकर घटा सोच रही थी—यह कौन है? यह तो वहीं युवक है, जो कल तालाब पर उसे मिला था, जिसे सतत प्रयत्न करने पर भी वह भूल न सकी थी, परंतु कल तो वह कुछ सनकी-सा लगता था, परंतु आज कितना खुशमिज़ाज, कितना सुंदर लग रहा है? मगर है वह कल वाला युवक ही। खद्दर के उसके कपड़े, इस बात के साक्षी हैं।

'बड़ी शर्मीली है तू, बिटिया।' भीखम ने घर में जाकर कहा। भीखम के लिए अपना कहने को इस दुनिया में केवल घटा ही थी।

'कौन है काका, वे?' घटा ने अत्यंत उत्सुक होकर अधीरता से पूछा।

'छोटे ठाकुर है, बिटिया। एक लोटा गुड़ का रस बनाकर उन्हें पिला आ, तब तक मैं चिलम भर कर कारिन्दा साहब को पिला दूं।'

वह झट रस तैयार करने लगी। गुड़ का रस बनाकर उसमें थोड़ा-सा दही मिलाया, फिर लोटा लेकर सहमी-सहमी धीरे-धीरे बाहर आई।

छोटे ठाकुर अकेले मचिया पर बैठे थे। कारिन्दा किसी काम से चला गया था। महावत हाथी लिए दूर खड़ा था और भीखम घर में चिलम भर रहा था।

'रस पी लीजिए...।' छोटे ठाकुर के कानों में जैसे वीणा झंकृत हो उठी। घूमकर देखा— घटा हाथों में लोटा लिए खड़ी थी।

झटपट उसके हाथ से लोटा ले लिया। बोले—'बड़ी तकलीफ की तुमने?'

बड़ी-बड़ी कजरारी आंखों में स्नेह भरकर, उसने उनकी ओर देखा। देखकर वह मुस्करा पड़ीं और लज्जायुक्त स्वर में बोली—'इसमें तकलीफ क्या है?'

वाक्-वीणा की झंकार से अद्भुत मिठास का सहारा पाकर छोटे ठाकुर के हृदय-तन्त्री के तार झंकृत हो उठे। उन्होंने अपनी आंखें उन शर्मीली आंखों में चुभो दीं।

एकाएक घटा चौंक पड़ीं छोटे ठाकुर की सुंदर लम्बी नाक देखकर। कल वाले युवक की नाक तो इतनी सुंदर तथा लम्बी नहीं थी। तो क्या वह कोई दूसरा था? नहीं-नहीं यही था। शाम होने के कारण शायद ठीक से युवक की सूरत-शक्ल देख नहीं सकी थी।

'कल मैंने आपको पहचाना नहीं।' घटा ने अत्यंत ही नम्र स्वर में कहा।

घटा की यह बात छोटे ठाकुर की समझ में न आई। उन्होंने सोचा-सम्भव है इसने कल मुझे कहीं मेरी हवेली के आस-पास देखा होगा, उसी का जिक्र कर रही है। वह बोले—'तुमने मुझे कभी देखा भी नहीं था, तो कैसे पहचान सकतीं। मैंने भी पहले तुम्हें कभी नहीं देखा था।'

'यही बात है...।' शरमा कर घटा बोली। अब उसे निश्चय हो गया कि यही थे कल उस तालाब के किनारे।

'बहुत मीठा है यह गुड़ का शर्बत—।' छोटे ठाकुर ने कहा। पता नहीं उनके कहने का लक्ष्य किस ओर था।

यह सुनकर घटा ने धीरे से कहा—'शायद गुड़ ज्यादा हो गया है—।'

छोटे ठाकुर को उस अनपढ़ युवती में वाक्चातुर्य का आभास मिला। बोले—'तुम्हारे पास गुड़ अधिक हो तो थोड़ा मुझे दे दो।'

'परंतु आपको गुड नहीं, चीनी चाहिए—।' व्यंग्य किया घटा ने।

'गुड की मिठास को चीनी नहीं पा सकती, घटा।' छोटे ठाकुर ने व्यंग का उत्तर व्यंग से दिया।

घटा का सारा बदन सिहर उठा और आंखों से मदिरा छलक पड़ीं।

'तुम्हारा नाम?' पूछा ठाकुर ने।

'घटा।'

छोटे ठाकुर ने देखा, जैसे घटा के अवयव पर यौवन की मदमाती घटा छा गईं है और उसके अंग-अंग में मदिरा की मदहोशी भर उठी।

चिलम भरकर भीखम आ गया। घटा छोटे भकुर पर मधुर कटाक्ष करती हुई झोंपड़ी में चली गई। कारिन्दा भी घूमता-फिरता आ पहुंचा।

'लो कारिन्दा भैया। तमाकू पी लो—।' भीखम ने कहा।

'लाओ चौधरी। तुम्हारे यहां की तमाकू पीये भी बहुत दिन हो गए—।' कारिन्दा बोला।

इतने में पांचों लठैत भी पांच आदमियों को पकड़े हुए आ पहुंचे। सब आसामी छोटे ठाकुर के सामने घुटने टेककर बैठ गए।

लठैत अदब के साथ खड़े हो गए और इस बात की प्रतीक्षा करने लगे कि यदि ठाकुर हुक्म दें, तो आसामियों पर दो-चार लट्ठ बरसा दें।

छोटे ठाकुर ने आसामियों की ओर देखा। गरीब कृषक थे वे लोग। धूप में काम करते-करते चमड़ी काली हो गईं थी, बदन सूख गया था, आंखों से करुणा टपक रही थी।

युवक-जमींदार का हृदय मोम-सा तरल था। उन निर्धनता की जीती-जागती तस्वीर को देख, उसका कलेजा थर्रा उठा। मुख से एक दीर्घ-श्वास सहसा निकल गईं।

'तुम्हारा नाम?' एक से पूछा ठाकुर ने।

'जैकरन छोटे साकार।' उसने कांपते हुए कहा।

'देखो, इसके यहां कितना बकाया है?' छोटे ठाकुर का यह हुक्म कारिन्दा के लिए था।

कारिन्दा बहीं देखकर बोला—'नौ रुपए तेरह आने, छोटे ठाकुर!'

'तुमने यह लगान क्यों नहीं दी?' छोटे ठाकुर ने पूछा।

कृषक को छोटे ठाकुर की आवाज में सहानुभूति की झलक दीख पड़ी। बड़े ठाकुर लगान अदा न करने का कारण नहीं पूछते थे। वे या तो अपना रुपया चाहते थे या लठैतों को मनमाने अत्याचार करने का हुक्म दे देते थे।

'दुहाई छोटे सरकार—।' बेचारा कृषक छोटे ठाकुर के पांवों पर गिर पड़ा—'घर पर खाने भर को नहीं जुड़ता राजा! लगान देने की कौन कहे, पेट भरना भी भार हो रहा है, सरकार!'

'कारिन्दा, इसे भरपाई की रसीद लिख दो...।' छोटे ठाकुर ने कहा।

'म...ग...र...रु...प...ये...।' हकलाते हुआ बोला कारिन्दा!

'रुपये मैंने माफ कर दिए।' छोटे ठाकुर का स्वर गम्भीर था, कारिन्दा चौंक पड़ा।

लठैतों ने आश्चर्य के साथ एक दूसरे की ओर देखा।

भीखम चौधरी छोटे ठाकुर की सहृदयता पर अवाक् था।

कृषकों के नेत्रों ने आनन्दाश्रु निकल आए थे।

लाचार कारिन्दा ने रसीद काट दी। छोटे ठाकुर ने दस्तखत कर दिए।

'धन्य हो छोटे राजा।' गरीब कृषक आशीर्वाद देता हुआ रसीद लेकर चला गया।

# सात

वैदराज भंग के बहुत शौकीन थे। दोनों समय उनकी छनती थी। अभी-अभी भंग छानकर तैयार ही हुए थे कि दरवाजे पर कोलाहल सुनाई पड़ा। लपक कर बाहर आए तो देखा कि छोटे ठाकुर तथा कारिन्दा आदि उपस्थित हैं। जुहार करके उन्हें गद्दी पर सम्मानपूर्वक बैठाया।

'कैसे हो छोटे राजा?' वैदराज ने पूछा।

'अच्छा रहा वैदराज मामा?' छोटे ठाकुर ने कहा।

वैदराज को प्रायः लोग मामा ही कहकर पुकारते थे।

'अब क्या करने का इरादा है?'

'क्या करूं? कुछ समझ में नहीं आता।' छोटे ठाकुर बोले—'यहीं जमींदारी का काम सम्भालने की कोशिश करूंगा।'

'जरूर कोशिश करो, छोटे ठाकुर! आजकल किसानों के पास पैसा बहुत कम रह गया है। इस साल बरखा भी इतनी कम हुई है कि खेत के सभी पौधे सड़ गए।' वैदराज मुंहफट थे। उनका यह स्पष्टीकरण सुन छोटे ठाकुर मुस्करा पड़े।

छोटे ठाकुर ने लठैतों और कारिन्दा को किसी काम से अन्यत्र भेज दिया।

'बड़े ठाकुर के ही मार्ग पर तुम भी चलोगे, छोटे राजा...?' वैदराज धीरे से बोले—'इतना पढ़-लिखकर भी गरीबों की दशा से अनभिज्ञ ही हो तुम?'

'आप इत्मीनान रखें, वैदराज मामा! अपनी जमींदारी में मैं आशातीत परिवर्तन करूंगा?'

'हैलो—आलोक।' पीछे से आवाज आई।

छोटे ठाकुर ने घूमकर देखा। पीछे मुस्कराता हुआ एक खद्दर धारी युवक खड़ा था।

वैदराज ने उस युवक की ओर घूमकर देखा।

'हैलो राज—।' छोटे ठाकुर बोले—'तुम यहां कैसे?'

वैदराज यह नहीं चाहते थे कि छोटे ठाकुर का और राज का सामना हो, क्योंकि दोनों एक ही कालेज में पढ़ने के कारण एक दूसरे से परिचित थे।

वैदराज ने आश्चर्य-मिश्रित क्रोध से राज की ओर देखा।

'कोई हर्ज नहीं, मामा—।' राज बोला—'यह मेरे अंतरंग मित्र हैं। इनसे मेरा कोई गुप्त भेद छिपा नहीं है। शायद आप नहीं जानते होंगे कि जिस समय मैं डकैती के अभियोग में गिरफ्तार हुआ था, उस समय इन्होंने पानी की तरह रुपए बहाकर मुझे छुड़ाना चाहा था, परंतु हुआ वहीं, जो होना था।'

वैदराज ने कृतज्ञता पूर्ण दृष्टि से छोटे ठाकुर की ओर देखा।

'आओ, इधर बातें करें।' कहकर राज छोटे ठाकुर को एक कोने में ले गया।

एक क्षण के लिए वैदराज कांप उठे, न जाने क्यों! परंतु शीघ्र ही उन्होंने अपनी भंगिमा ठीक कर ली और अंदर आकर अपनी स्त्री और बेटी से बातें करने लगे।

'मुझे नहीं मालूम था कि तुम जमींदार के बेटे हो आलोक।' राज ने कहा।

'अब तो जान गए न—।' डाकू कहीं के! मेरे घर पर भी डाका डालने का इरादा है क्या?' कहकर आलोक हंसने लगा।

'डाकू कहते हो मुझे—?' राज मुस्कराकर बोला—'वह डाका तो तुमने डाला था, उस्ताद! मगर पकड़ा गया मैं और तुम्हारी लाख कोशिश करने पर भी आखिर आजन्म कैद की सजा हो गई मुझे। आज जेलखाने से भागकर इस पहाड़ी गांव की हवा खा रहा हूं, वह भी तुम्हारी ही बदौलत। यदि तुम रुपए खर्च कर मेरे भागने का प्रबंध न कर देते तो मैं जेल में ही सड़ता रहता।'

'तुम निकल आए, मुझे बड़ी खुशी हुई, मगर पुलिस से बचकर रहना अत्यंत आवश्यक है।'

'क्या बताऊं बहुत ही दुविधा में पड़ा हूं—!' राज बोला—'मामा को मेरा यहां रहना पसंद नहीं। कल वे पिताजी के साथ देर तक रात में बातें करते रहे और अंत में यही निश्चय हुआ कि मैं शहर में ही जाकर रहूं और अपने को जिस प्रकार सम्भव हो, छिपाये रखूं, मगर शहर में अपने को छिपाना कितना कठिन है, यह तो तुम जानते ही हो'

'कुछ दिनों तक तो तुम 'जोगीबीर की दरी' के पास चलकर रहो, फिर देखा जाएगा।' आलोक ने सुझाव दिया।

जोगीबीर की दरी, एक प्रशस्त एवं बहुत ऊंचा जल-प्रपात है, जो दाढ़ीराम गांव से दो मील दक्षिण की ओर बीहड़ वनस्थली के मध्य में है। पानी बहुत ऊंचाई से गिरता है। पर्वत की दीवार में, जहां से प्रपात की तीव्र धारा दिन-रात गिरा करती है, वहां एक गुप्त एवं प्राचीन गुफा है। प्राप्त की स्वच्छ धाराओं से यह गुफा सदैव प्रच्छन्न रहती है। बहुत कम लोग इसके विषय में जानते हैं। वहां के निवासियों का कहना है कि यह गुफा पर्वत में बहुत दूर तक न जाने कहां तक चली गई है। जितने लोग उसके अंदर गए, पुनः बाहर लौटकर नहीं आए।

'जैसा तुम कहोगे, वैसा ही करूंगा।' राज ने कहा।

उसी समय लठैत तथा कारिन्दा आ पहुंचे, राज उन्हें आते देखकर अंदर चला गया और वे लोग घर लौट पड़े।

# आठ

मस्तक पर परेशानी से चुहचुहा आए पसीने को पोंछते हुए बड़े ठाकुर बोले—'क्या कहा? कुछ वसूल नहीं हुआ? एक पाई भी नहीं?'

'नहीं सरकार!' कारिन्दा भयमिश्रित स्वर में बोला।

'यह आलोक क्या घास खोदने वहां गया था?' बड़े ठाकुर ने जोर से अपना मुक्का सामने रखी हुई सन्दूक पर दे मारा।

कारिन्दा कांपता हुआ खड़ा था। कमरे में और कोई न था। कारिन्दा ठाकुर का क्रोध जानता था।

'क्यों नहीं हुआ?' क्रोध से चीख उठे ठाकुर—'रुपया-पैसा, साग-तरकारी, कुहड़ा-लौकी, गुड़-गन्ना आदि कुछ नहीं?'

'कुछ नहीं, बड़े सरकार!'

बड़े ठाकुर की प्रज्वलित आंखों में लाल-लाल डोरे बड़े भयावह लग रहे थे।

'नजराना बहुत कुछ मिल रहा था, परंतु छोटे राजा ने लेना मंजूर ही नहीं किया।' कारिन्दा बोला।

'क्यों?'

'उन्होंने कहां गरीबों से नजराना लेना पाप है।'

'पाप है—।' बड़बड़ा उठे ठाकुर—'कल का छोकरा पुश्तैनी बात को बदल देना चाहता है। कहता है, पाप है—अब तक तो वह पाप की ही कमाई से गुलछर्रे उड़ा रहा है।' कहकर बड़े ठाकुर सन्दूक पर रखी हुई बही इधर-उधर उलटने लगे।

'यह क्या?' चौंक उठे ठाकुर—'जैकरन का कुल लगान चुकता कैसे हो गया?'

'छोटे राजा ने उसका लगान माफ कर दिया है, सरकार!'

क्रोध से कांपकर वह उठ खड़े हुए। गले से आवाज नहीं निकल रही थी। एकाएक कोने में रखी हुई बड़ी-सी लाठी उन्होंने उठा ली। गरजकर बोले—'छोटे ठाकुर को बुलाओ।'

कारिन्दा ठाकुर की उग्र मूर्ति देखकर कांप उठा। उस समय ठाकुर ऐसे लग रहे थे, जैसे कोई बलिष्ठ गोरा पिशाच हाथ में बन्दूक लिए किसी देशभक्त को गोली से उड़ा देने के लिए उद्यत खड़ा हो। उनके मस्तक की नसें मोटी होकर फूल गईं थीं।

कारिन्दा चुपचाप छोटे ठाकुर को बुलाने चला गया। ठाकुर इधर-उधर टहलने लगे। हाथ की लाठी उन्होंने पुनः कोने में खड़ी कर दी।

थोड़ी देर बाद जब कारिन्दा छोटे ठाकुर को साथ लेकर लौटा, तो यह देखकर वह आश्चर्यचकित रह गया कि बड़े ठाकुर चुप-चाप गद्दी पर बैठे हैं। चेहरे पर क्रोध नहीं, वरन्

अत्यधिक गंभीरता है। छोटे ठाकुर आकर सामने खड़े हो गए। क्रोधी पिता के पास बैठने का उनमें साहस नहीं था।

'छोटे ठाकुर!' पिता की गंभीर आवाज को सुनकर चुपचाप खड़े छोटे ठाकुर ने अनुमान लगा लिया कि उनके पिता की आवाज में रुष्टता नहीं, अवहेलना टपक रही है—'जैकरन का लगान तुमने क्यों माफ कर दिया?'

छोटे ठाकुर चुप रहे।

'क्यों माफ किया? बोलते क्यों नहीं?'

'वह बहुत गरीब है, पिताजी!'

'गरीब है—! गरीबों की गरीबी पर तुम्हें बहुत तरस आता है न—!' ठाकुर की भृकुटी पुनः तन गईं—'नजराना मिलता था, उसे क्यों लौटा दिया? जिन गरीबों पर ईश्वर भी रुष्ट है, उन पर तुम दया दिखाकर क्या भला कर सकोगे उनका, अगर आज तक मैं भी ऐसा ही करता होता तो यह बाबू गिरी तुम्हारी न रहती। गली-गली मेरे साथ तुम भी ठोकर खाते होते।'

छोटे ठाकुर चुपचाप खड़े रहे।

कारिन्दा अब तक भय से कांप रहा था।

'यह जमींदारी मेरी है। इस जमींदारी का चप्पा-चप्पा मेरा है, तुम्हारा नहीं। यह फूली-फली जमींदारी मेरे खून से सींची गईं है, तुम्हें इसे लुटाने का कोई अधिकार नहीं? ख्याल रखना, आगे से ऐसी गलती न हो। यह न समझना कि बुड्ढा ठाकुर मर गया है। मेरे मरने पर जी चाहे, तो सारी जमींदारी खैरात कर देना, अपने तक को लुटा देना।'

छोटे ठाकुर सिर झुकाकर जाने लगे।

'ठहरो।' कर्कश आवाज गूंज उठी।

छोटे ठाकुर के बढ़ते पैर ठिठक गए।

आज तुम अपनी अम्मा से सौ रुपये क्यों मांग रहे थे?'

कांप उठे छोटे ठाकुर! बोले—'एक काम से पिताजी।'

'बहुत गुप्त काम है न? तभी तो अपने पिता से छिपाया जा रहा है? यह न समझो कि मैंने तुम्हारी अम्मा को जहां-तहां लुटा देने के लिए रुपये नहीं दे रखे हैं, जो वह तुम्हारे मांगते ही तुम्हारे हाथ पर रख देगी। तुमने उससे कहां था कि रुपये न मिलने पर तुम उसकी अंगूठी बेच दोगे?'

छोटे ठाकुर कुछ नहीं बोले। वास्तव में उन्होंने अपनी अम्मा से यह बात कही थी, क्योंकि उन्हें रुपयों की सख्त जरूरत थी। राज को रुपये देने थे, ताकि वह अपने खाने-पीने का पूरा सामान जुटाकर 'जोगीबीर की दरी' में जा छिपे।

'अंगूठी तुम्हारी नहीं, मेरी है।' बड़े ठाकुर बोले—'मेरे धन से बनी है। उसे बेचने का ख्याल भी न करना।'

छोटे ठाकुर को बड़ी आत्मग्लानि हुई। दुनिया जानती है कि वह बड़े जमींदार का बेटा है, मगर आज उसे मालूम हुआ कि वह भी उतना ही गरीब है, जितना उसकी प्रजा है। उसके पास है ही क्या? उसके बदन पर का एक-एक सूत, उसके मनीबैग का एक-एक पैसा उसके पिता का है। वह निर्धन है, निस्सहाय है।

छोटे ठाकुर का सिर भन्ना गया। शीघ्रता से वे घूम पड़े और कोठरी से बाहर जाने लगे।

'सुनो, छोटे ठाकुर!' बड़े ठाकुर ने उन्हें रुकने का पुनः आदेश दिया।

छोटे ठाकुर रुक गये।

'तुम्हें कितने रुपयों की जरूरत है?'

निस्तब्ध बने रहे छोटे ठाकुर!

'जवाब दो, छोटे ठाकुर!'

'अब जरूरत नहीं पिताजी।'

'क्योंकि पिता की दो बातों ने दिल पर लकीर खींच दी है, क्यों?' कहकर ठाकुर ने सन्दूक से सौ का नोट निकालकर छोटे ठाकुर की मुट्ठी में ठूंस दिया और बोले—'ऐसी गलती, फिर कभी न करना।'

# नौ

आसमान पर बादल गड़गड़ा उठे। छम-छम पानी 'बरसने' लगा। हवा की सनसनाहट तीव्र हो उठी। चारो और जल-ही-जल उमड़ पड़ा। वैदराज अपनी गद्दी पर बैठे हुए भंग की तरंग में पानी का आनन्द ले रहे थे। बौछारों से ऊबकर दरवाजा बंद कर दिया था।

अकस्मात खट-खट की आवाज हुई।

चौंक पड़े वैदराज! दरवाजा कोई खटखटा रहा था। कौन हो सकता है यह...? दस बजे रात को इस बरसते पानी में, कौन दरवाजा खटखटाने आया है?

पुनः वहीं खटखट की आवाज आई।

वैदराज सशंकित हो उठे। हाथ में लालटेन लेकर दरवाजे की ओर बढ़े। धीरे से सांकल हटाकर किवाड़ खोल दिए।

चौंक पड़े वह बड़े ठाकुर को आया देखकर।

'बड़े ठाकुर आप—?' उसके मुख से आश्चर्य-सूचक आवाज निकल पड़ीं। ठाकुर दीप नारायण सिंह को अकेले, हाथ में लाठी लिए हुए पानी से तर, दरवाजे पर खड़े देखकर।

'अन्दर आ जाओ ठाकुर!'

ठाकुर अन्दर आ गए।

ठाकुर के अंदर आ जाने पर वैदराज ने दरवाजा बन्द कर दिया।

ठाकुर ने लाठी एक कोने में खड़ी कर दी, फिर अपने कपड़ों में से पानी निचोड़ने लगे।

'बड़ा अचरज हो रहा है, ऐसी काली रात में आपको यहां अकेले आया देखकर। न हाथी है, न लठैत। पानी में भीगते हुए अकेले ही आधा कोस दौड़े आए हैं आप?'

ठाकुर का चेहरा मुरझाया हुआ था। बोल—'काम बहुत जरूरी है वैदराज! आना ही पड़ा। बहुत छिपता हुआ आया हूं।'

वैदराज ने ठाकुर के भीगे हुए शरीर को देखकर उन्हें एक सूखी धोती और एक गमछा देते हुए---'यह सूखे कपड़े पहन लो, ठाकुर! ठंड लग रही है आपको।'

ठाकुर ने चुपचाप उन्हें लेकर पहन लिया। वैदराज ने एक कम्बल दिया, जिसे उन्होंने अपने बदन पर लपेट लिया, फिर दोनों आकर गद्दी पर बैठ गए।

'कैसे आए ठाकुर?' वैदराज ने पूछा।

'पहले यह बताओ कि हमारी-तुम्हारी बात सुनने वाला यहां कोई है तो नहीं?' ठाकुर ने शंकाग्रस्त व्यक्ति की भांति इधर-उधर देखा।

'कोई नहीं है ठाकुर! बेखटके कहो।' वैदराज बोले।

'मैं जानता हूं कि मेरे और तुम्हारे सिवा, उस भेद को इस दुनिया में और कोई नहीं जानता, इसलिए तुमसे सलाह लेने आया हूं।' ठाकुर बहुत धीरे से बोले।

'लाखन चमार में धरोहर के बारे में सलाह लेने आये हो, क्यों—? है न यही बात, ठाकुर?'

'क्या करूं वैदराज? आलोक के व्यवहार से मैं परेशान हो गया हूं। वह छोकरा दिन-पर-दिन हाथ से बाहर हुआ जा रहा है। जब-जब उसे देखता हूं, मुझे उस कलूटे लाखन की याद आ जाती है। मेरा दिल मसोसकर रह जाता है। काश, आज मेरा कोई अपना बेटा होता तो क्या वह इसी तरह मेरे साथ व्यवहार करता?'

'मगर दुनिया तो यही जानती है कि आलोक तुम्हारा ही बेटा है, ठाकुर! सिवा हमारे और तुम्हारे और कोई नहीं जानता कि आलोक लाखन चमार का बेटा है।'

'उसकी सूरत चमार जैसी नहीं है, वैदराज! मैं उसकी अक्ल से परेशान हूं। कल वह जमींदारी घूमने गया था, किसी से नजराना नहीं लिया, कितनों का लगान माफ कर दिया...।' कुछ रुककर ठाकुर पुनः बोले—'अगर आज मेरा बेटा होता तो क्या वह आलोक की तरह नजराना न लेता, लगान माफ कर देता? नहीं वैदराज! मेरा बेटा होता तो आसामियों से एक के दो वसूल कर लाता।'

'ठीक है, ठाकुर...!' वैदराज के मुख पर अप्रकट घृणा परिलक्षित हो उठी—'उस बात को बीते बीसों बरस हो गए हैं। अब उस पर दिमाग दौड़ाकर फजूल तकलीफ मत उठाओ। आलोक को पराया मत समझो। याद रखो, जिस दिन पराये की भावना प्रकाश में आई नहीं कि तुम असहनीय मानसिक यंत्रणाओं से अर्धविक्षिप्त हो जाओगे, ठाकुर!'

'दिल नहीं मानता, वैदराज! इस बेईमान छोकरे को मैंने अपने बच्चे की तरह पाला-पोसा, खिलाया-पढ़ाया, मगर वह तो पूरा कांग्रेसी बन गया है, वैदराज अपनी अम्मा से कहता है कि जमींदारी कुछ ही दिनों में नाश होने वाली है। बेचारी ठकुराइन। उन्हें क्या मानूम कि सांप को उन्होंने अपना दूध पिला-पिलाकर पाला है, वह उनका अपना नहीं, पराया है—एक चमार का बेटा है! उफ!' ठाकुर ने अपना माथा पकड़ लिया।

'बीती भूल जाओ ठाकुर! आगे की देखो। रास्ता सिर्फ एक है, आलोक को अपना समझो। उसे समझा-बुझाकार रास्ते पर लाओ।'

'बहुत परेशान हूं मैं, वैदराज...।' ठाकुर हांफते हुए बोले—'आज से बीस साल पहले...।'

# दस

आज बीस साल पहले की घटनाएं ठाकुर की आंखों के सामने नाच उठीं।

'क्या करूं कुछ समझ में नहीं आता, वैदराज...। ठाकुर हाथ मलते हुए खड़े थे वैदराज के सामने—'पहले तो बच्चा ही नहीं होता था। ठकुराइन ने जब बहुत टोना-टोटका किया तो यह लड़का पैदा हुआ...मगर देखता हूं कि भाग्य ही खोटा है, वैदराज!'

'टोने-टोटके से बच्चे पैदा होने लगे तो, फिर कोई निःसंतान न रह जाए, ठाकुर साहब! देने वाला भगवान है। वह नहीं चाहेगा तो टोना-टोटका, जन्तर-ताबीज, झाड़-फूंक सब व्यर्थ हो जाएंगे। पूर्वजन्म के शुभ-अशुभ पर यह सुख-दुख निर्भर करता है खैर—। आज कितने दिन हुए लड़का पैदा हुए?' पूछा वैदराज ने।

'पांच दिन—।' ठाकुर बोले—'जब से हुआ है, तब से ठकुराइन की हालत बहुत खराब हो रही है।'

'हूं...।' गंभीर हो गए वैदराज!

'मैं चाहता हूं वैदराज कि ठकुराइन और बच्चा दोनों बच जाएं। बड़ी मुश्किल से यह बच्चा पैदा हुआ है, अगर वह भी मर गया तो मैं कहीं का न रहूंगा।'

वैदराज चुप हो रह गए। सोचने लगे वे—'आज ठाकुर का बच्चा और उसकी स्त्री बीमार हैं तो ये हाथ बांधकर उनके सामने खड़े हैं, परंतु एक दिन वह था, जबकि बेघर, बेसहारा होकर वे अपनी स्त्री और तीन साल के बच्चे को लेकर दाढ़ीराम गांव में आए थे तो इसी ठाकुर ने दुत्कार दिया था। पानी बरस रहा था। वैदराज निस्सहाय थे। लड़का सख्त बीमार था। एक रात के लिए आश्रय मांगने जब वैदराज ठाकुर के पास गए थे, तब उन्होंने निर्दयता-पूर्वक इंकार कर दिया था। अधिक विनती करने पर लठैतों से धक्के दिलाकर निकलवा दिया था, यही था वह ठाकुर!'

सोचते हुए वैदराज ने कहा—

'जरा ठहरिए। मैं अभी आता हूं—।' कहते हुए वैदराज घर के भीतर चले गए। जाकर अपनी स्त्री से बोले—'ठाकुर की स्त्री और उनका बच्चा बीमार है, बुलाने आए हैं।'

'तुम भूल गए पिछली बातें...?' उनकी स्त्री ने कहा—'यही वह ठाकुर है, जिसने एक रात के लिए आश्रय देने की दया भी न दिखाई थी। रात भर हम लोग पानी में भीगते हुए एक पेड़ के नीचे पड़े रहे। हमारा बच्चा तड़प-तड़पकर चल बसा—वहीं ठाकुर है न ये!'

'जाऊं। या नहीं?' वैदाज ने पूछा।

'कोई उनके दबैल तो हम लोग हैं नहीं। भला हो बेचारे लाखन चमार का, जिसने हमें अपने यहां जगह दी। जब जब तुम्हारी वैदगिरी चमक गई है तो आए हैं तुम्हें बुलाने, कमीना कहीं का।'

वैदराज सिर नीचा किए हुए बाहर जाने लगे।

'सुनो तो—।' रोका उनकी स्त्री ने—'देखो, ठकुराइन और बच्चे ने तो हमारा कुछ नहीं बिगाड़ा है? जाओ, देख आओ।'

'अच्छी बात है।' वैदराज बाहर आए। ठाकुर से बोले—'चलिए।' ठकुराइन बुखार में बुत पड़ीं थी। उनका हिलना-डुलना भी मुहाल था। वैदराज ने नाड़ी देखी, दवा दी।

इसके बाद नवजात शिशु की नाड़ी देखी।

सहसा उनका चेहरा गम्भीर हो गया। वे बाहर आए। ठाकुर भी उनके पीछे-पीछे आए।

'यह खत्म है, ठाकुर! बच्चा दो-चार घंटों का मेहमान और है।' वैदराज बोले।

'ऐसा न कहो, वैदराज! कोई जतन करो।' ठाकुर एक असहाय व्यक्ति की तरह गिड़गिड़ाते हुए बोले।

दिन भर वैदराज ठाकुर की हवेली पर ही रहे। ठकुराइन की दशा तो कुछ सुधरी, मगर बच्चे दशा खराब होती गई। शमा होते-होते उसकी उल्टी सांस चलने लगी और आधे घंटे में ही सब कुछ समाप्त हो गया—अब जान नहीं है। ठाकुर!' वैदराज ने कहा और बच्चे की लाश जमीन पर लिटा दी।

ठाकुर की बूढ़ी माता दूसरे कमरे में जाकर जोर-जोर से रोने लगीं। बीमार ठकुराइन जोरों से चीखकर बेहोश हो गईं।

ठाकुर ठकुराइन की हालत देखकर घबड़ा उठे। वैदराज ने ठकुराइन की नाड़ी पकड़ी। उस समय कमरे में सिवा ठाकुर और वैदराज के कोई न था।

'ठाकुर!'

'क्या है वैदराज—क्या है?'

'उसकी भी कोई आशा नहीं, ठाकुर!'

'मैं तबाह हो जाऊंगा, वैदराज!' रो पड़े ठाकुर—'बच्चा तो गया ही, कम-से-कम ठकुराइन को बच लो, वैदराज!'

'कोई उपाय नहीं ठाकुर! इन्हें बच्चे की मौत से बहुत सदमा पहुंचा है।'

'कुछ तो करो वैदराज!'

वैदराज को हंसी आ रही थी उस निर्मम पुरुष की आंखों में आंसू देखकर, जिसने एक दिन लठैतों द्वारा उनका असह्य अपमान कर उन्हें घर से निकलवा दिया था।

'ठकुराइन के बचने का केवल एक उपाय है, ठाकुर!'

'कौन-सा वैदराज?'

'यही बच्चा यदि जिंदा हो जाए।'

'यह कैसे हो सकता है, वैदराज?'

'यह कहो कि क्या नहीं हो सकता?'

'तो, फिर देर क्यों...? बताओ न जल्दी कोई उपाय?'

'शायद आप उसे मंजूर न करें...।'

'कहो तो, वैदराज! ठकुराइन की जान बचाने के लिए मैं सब कुछ कर सकता हूं।'

'आज चार दिन हुए लाखन चमार की स्त्री के बच्चा हुआ था। बच्चा होते ही वह मर गई? उसका बच्चा अब तक मेरी दवा-दारू से जिंदा है। उस बच्चे को ठकुराइन की बगल में लिटाकर, इस मृत बच्चे को चुपचाप हटा दिया जाए। होश आने पर बच्चे को जीवित पाकर, उनका गिरा स्वास्थ्य शीघ्रता से सुधरने लगेगा।'

'यह क्या कहते हो, वैदराज? भला चमार का लड़का—।'

'अपने और पराये का विचार छोड़ो, ठकुराइन की जान बचाओ। मैंने लाखन के बच्चे को देखा है, खूब गोरा है, ठकुराइन जान भी न सकेंगी कि यह दूसरा बच्चा है।'

'मगर लाखन चमार इसे मंजूर करेगा?'

'इसका जिम्मा मेरा रहा। वह मेरा कहना टाल नहीं सकता और आप यह भी विश्वास रखें कि वह यह भेद किसी पर प्रकट नहीं करेगा।'

सोचते हुए ठाकुर धीरे से बोले, 'ठीक है वैदराज! परंतु जिन्दगी भर चमार के लड़के को अपना ही लड़का कहना पड़ेगा।'

'आगा-पीछा न करो, ठाकुर! इस समय ठकुराइन के जीवन मृत्यु का प्रश्न है।'

'अच्छा जाओ, मुझे मंजूर है।' ठाकुर ने कहा और सिर पकड़कर बेहोश ठकुराइन की बगल में आकर बैठ गए।

आधे घंटे बाद—

वैदराज लौटे। उनके पीछे लाखन चमार हाथों पर एक गोरा नवजात शिशु लिए खड़ा था।

ठाकुर ने उतावली के साथ बच्चे को गोद में ले लिया, गौर से देखा और देखकर आश्चर्यचकित मुद्रा में बोले उठे—'अरे, यह तो एकदम इसी का प्रतिरूप है, वैदराज—जरा भी अंतर नहीं है, बिल्कुल वैसा ही है।'

वैदराज ने लाखन के हाथों पर ठाकुर का मृत शिशु रख दिया और बोले—'इसे ले जाकर चुपके से कहीं गाड़ आओ, समझे! किसी को इस बात का पता न लगे।'

बेचारा लाखन एक जीवित शिशु को लेकर अंदर आया था और अब एक मृत शिशु को लेकर चुपके से बाहर जा रहा है। सारा कार्य अत्यंत गुप्त रीति से हुआ। इस भेद को जानने वाले केवल तीन व्यक्ति थे—ठाकुर, वैदराज एवं लाखन चमार।

ठाकुर ने शिशु को बेहोश ठकुराइन की बगल में लिटा दिया। बच्चा स्तन ढूंढ़ने लगा। न पाकर जोर-जोर से रोने लगा। ठाकुर की अम्मा दूसरे कमरे से दौड़ी हुई आयीं।

'बच्चा बेहोश हो गया था अम्मा, वैदराज की दवा से होश में आ गया है।' ठाकुर ने बात बना दी।

ठकुराइन-अम्मा हर्ष से गदगद हो गयीं। उसी समय बेहोश ठकुराइन ने भी आंखें खोल दीं।

दवा होने लगी। शीघ्रता से ठकुराइन स्वस्थ होने लगीं। दो साल बाद लाखन चमार भी इस दुनिया से चल बसा। अब उस भेद को जानने वाले केवल दो हैं—ठाकुर और वैदराज!

यह आज से बीस साल पहले की घटना थी।

बेचारा आलोक—। लाखन चमार का बेटा!

बड़े ठाकुर अभी-अभी बैठक में आकर बैठे थे। सूर्यनारायण अभी तक उदय नहीं हुए थे। ठाकुर की आदत बहुत सवेरे उठकर नित्य-क्रिया से छुट्टी पाकर कागज-पत्र देखने की थी। आज भी वे छोटी-सी सन्दूक पर रोकड़-बहीं सामने रखे हुए, वे कुछ देख रहे थे। बैठक में और कोई न था।

'भीखम चौधरी सरकार से मिलना चाहते है।' सहसा एक लठैत ने अंदर आकर सूचना दी।

'इतने सबेरे?' ठाकुर कुछ सोचने लगे—'अच्छा भेज दो।'

लठैत बाहर चला गया। ठाकुर ने बही बंद करके सन्दूक की बगल में रख दी, फिर पुकारा—'सम्पत।'

'आया सरकार!' एक दूसरा लठैत आ उपस्थित हुआ।

'देखो, मेरी लाठी लाकर उस कोने में खड़ी कर दो।'

लठैत ने एक लम्बी लाठी लाकर कोने में खड़ी कर दी और वह बाहर चला गया। ठाकुर ने लाठी की ओर देखकर सन्तोष की सांस ली। ठाकुर अपने आसामियों से सदैव सावधान रहा करते थे, क्योंकि उनकी क्रूरता ने आसामियों में प्रतिशोध की भावना भर दी थी।

'जुहार ठाकुर!'

'जुहार चौधरी! किधर से भूल पड़े?'

'आपके दरसन की बड़ी साध थी, ठाकुर!' भीखम ने जमीन पर बैठते हुए कहा—'इधर से जा रहा था, सोचा, चल के हालचाल ले लूं।'

'भंटा लग गया, चौधरी?'

'लग गया ठाकुर! आपकी दया से बड़ा जोरदार हुआ है। परसों रात की बरसात ने बहुत लाभ किया।' भीखम रुककर, फिर बोला—'परसों सरकार को वैदराज के घर रात में, सो भी बरखा में भीगते हुए अकेले जाते देखा था, क्या किसी की तबीयत खराब थी, सरकार!'

कांप उठे ठाकुर! बोले—'नहीं, एक बहुत ही आवश्यक काम आ पड़ा था, चौधरी।'

'मैं भी एक जरूरी काम से ही आया हूं, ठाकुर!' आगे खिसककर धीरे से बोला भीखम चौधरी।

'मैंने अनुमान लगा लिया था—।' ठाकुर ने कहा—'नहीं तो तुम कामकाजी आदमी भला खेत में काम करना छोड़कर, इस धुंधलके में मेरे पास कैसे आते?'

भीखम चौधरी ने एक थैली निकालकर ठाकुर के सामने रख दी। बोला—'एक हजार रुपए हैं, ठाकुर! पेट काट-काटकर इकट्ठा किया है इन्हें। मेरे पास यों ही पड़े हुए थे। सोचा, आप के यहां रख दूं तो चोरी-चकारी से बचा रहूंगा।'

'मेरे ऊपर इतना विश्वास है तुम्हारा चौधरी?'

'राजा का विश्वास कैसे न करूं, सरकार!'

ठाकुर ने थैली खोलकर रुपए गिने। पूरे एक हजार थे। उन्हें सन्दूक में रखकर बोले—'कोई रुक्का लिख दूं, चौधरी?'

'रुक्का क्या होगा, ठाकुर!'

'अगर मैं बेईमानी कर जाऊं तो?'

'गरीब किसान के रुपये मारकर क्या करोगे आप, बड़े ठाकुर!' भीखम बोला—'हुक्म हो, तो चलूं। हल और बैल, दोनों खेत पर पहुंच गये होंगे।'

जाते हुए भीखम चौधरी ने जुहार करके दो रुपये ठाकुर के हाथ पर रख दिए। ठाकुर ने रुपए रेशमी अचकन की जेब में डाल लिए। भीखम हवेली से बाहर आ रहा था, तो छोटे ठाकुर मिल गए।

भीमख ने जुहार की।

छोटे ठाकुर बोले—'जुहार चौधरी काका! कहो, इतने सबेरे कैसे आए थे?'

'कुछ काम था, छोटे राजा।' भीखम ने कहा और पुनः जुहार कर चला गया।

# बारह

कजली का महीना था!

युवतियों के सुरीले गले से निकली हुई कजली की मधुर ध्वनि लोगों के हृदय में एक अजीब गुदगुदी पैदा कर रही थी। सेहटा गांव के तालाब पर इस समय अपार देहाती भीड़ उमड़ पड़ीं थी। आज के दिन वहां बहुत बड़ा मेला लगता है।

घटा अन्य ग्राम्य-युवतियों के साथ रंग-बिरंगे वस्त्र पहनकर, कजली गाती हुई मेले की ओर चली जा रही थी। उनके सुरीले गीत सुनकर कितने ही मनचले देहाती युवक उनके पीछे-पीछे चलने लगे थे, ताकि वे भी उन युवतियों की सुरीली कजलियों का रसास्वादन कर सके।।

छोटे ठाकुर भी मेले में आए थे। उनके भीमकाय हाथी को देखकर ही लोग समझ जाते थे कि या तो बड़े ठाकुर या छोटे ठाकुर पधारे हैं। उनके आने से पहले मेले में जो हो-हुल्लड़ था, वह सब एकाएक बंद हो गया। वातावरण ने केवल युवतियों के मधुर स्वरागिनियां ही तैर रही थीं। कितने युवक उस भीमकाय हाथी की ओर देखकर उंगली उठाकर अपने अनजान साथियों को बता रहे थे कि वह देखो, दाढ़ीराम गांव के जमींदार का हाथी।

'हां-हां। बड़ा बिगड़ैल है।' एक देहाती अपने साथी से कह रहा था—'ऐसा हाथी तो मैंने कहीं देखा नहीं। अभी पिछले साल मात गया था। मात होकर इधर-उधर दौड़ने लगा। कितने खेत उजाड़ डाले। दस आमियों को सूंड से पकड़कर पटक दिया, मगर ठाकुर का बहुत दबदबा है। सब कुछ होकर भी जैसे कुछ नहीं हुआ।'

'फिर हाथी बस में कैसे आया?' उत्सुकता में भरकर पूछा उसके दूसरे साथी ने।

'सिवा बड़े ठाकुर के और किसी की हिम्मत न पड़ीं कि उसके पास जाएं। बड़े ठाकुर हाथ में लम्बा बरछा लेकर दौड़े। कई बरछा मारने के पश्चात वह काबू में आया।'

मेले की भीड़ बढ़ रही थी। छोटे ठाकुर हाथी पर बैठे हुए घूम-घूमकर मेले की चहल-पहल देख रहे थे। जगह-जगह पर युवतियों का झुण्ड कजली गाने में तल्लीन था। जिस झुण्ड के पास ठाकुर का हाथी खड़ा हो जाता, उस झुण्ड की युवतियों अपने को धन्य समझ, बैठतीं। कुछ इनाम पाने की आशा से उत्साहित होकर और भी झूम-झूमकर गाने लगतीं।

एक झुण्ड के पास आकर ठाकुर का हाथी आ खड़ा हुआ। यह घटा और उनकी सहेलियों का झुण्ड था। घटा के नेत्र ऊपर उठे, छोटे ठाकुर के नेत्र नीचे झुके और दोनों ने एक दूसरे को पहचान लिया।

कजली खत्म हो चुकी थी। घटा की सहेलियों ने घटा से एक और कजली गाने का अनुरोध किया। घटा ने एक मधुर कटाक्ष किया छोटे ठाकुर की ओर, जिसे केवल छोटे ठाकुर ने देखा और उसकी चोट का अनुभव किया। घटा ने कजली गाना प्रारम्भ किया—

# अब तो चढ़त जात जवानी,
# छूटत जात लरिकइयां बा,
# घटत जात मोर करिहइयां बा, ना!

छोटे ठाकुर को समझते देर न लगी कि कजली स्वयं उसे ही लक्ष्य कर गाई जा रही है। उसका लड़कपन सचमुच छूटा जा रहा था और उस पर जवानी छाती जा रही थी। कमर पतली पड़ती जा रही थी और वहां का मांस वक्षस्थल पर खिंचता चला आ रहा था।

भीड़ में से एक व्यक्ति ध्यानपूर्वक छोटे ठाकुर और घटा की हरकतों का निरीक्षण कर रहा था। घटा का एक-एक कटाक्ष और छोटे ठाकुर की एक-एक मुस्कान उसकी तेज नजरों से छिपी न थी। वे थे वैदराज बदबद।

'जुहार हो छोटे ठाकुर!'

'ओह, वैदराज मामा?' छोटे ठाकुर के रंग में भंग पड़ गई, तुरंत हाथी बैठाया। छोटे ठाकुर नीचे उतरे और वैदराज की लेकर एक एकांत स्थान में आए।

'राज कहां है, मामा?' छोटे ठाकुर ने पूछा।

'जोगीबीर की दरी में, तुमने ही तो उसको वहां रहने की सलाह दी थी...' वैदराज बोले— 'वह तुम्हारी बहुत बड़ाई करता था, छोटे राजा। कहता था कि छोटे ठाकुर मामूली आदमी नहीं हैं, वे नर-रत्न हैं।'

'मेरे सौ रुपये उसे मिल गये थे?'

'मिले थे...मैंने खाने-पीने का पूरा सामान उसके पास पहुंचा दिया है, अगर वह ठीक से रहेगा तो कोई उसका पता भी न पा सकेगा।'

'उसके पास सूचना भेज दीजियेगा कि एक बार मुझसे आकर मिल ले।'

'आज ही शाम को मिल लेगा। यह तालाब, घड़ी रात गये सूना हो जाता है, यहीं दोनों की मुलाकात उपयुक्त होगी। मैं खुदी उसे जाकर कह दूंगा।' वैदराज बोले।

'ठीक है...।' छोटे ठाकुर ने कहा—'मैं इसी जगह चला आऊंगा।'

उस दिन...!

सन्ध्या और रात्रि की आपस में आंख-मिचौली हो रही थी। तीज का चन्द्रमा तीन घंटे बाद उगने वाला था। चारों और धीरे-धीरे अंधेरा फैल रहा था, फिर भी आकृति देखकर पहचानने भर को प्रकाश काफी था। सेहटा गांव के तालाब की यह भूमि, जिस पर आज प्रातःकाल कितनी ही सुंदर युवतियों के कोमल पग पड़े थे, इस समय एकदम सुनसान थी

घटा दिन भर गांव में घूम-घूमकर झूले झूलती रही...कजली गाती रही। संध्या होने पर जब वह घर आई तो देखा कि गगरे में जरा भी पानी नहीं है। तुरंत ही उसने गगरा उठाया और तालाब की ओर भागी।

तालाब के किनारे आकर एक युवक को देखा, वह ठिठक गई। युवक एकाग्र मन से कुछ सोच रहा था। उसे घटा के आगमन की कुछ भी खबर न थी। घटा ने समझा कि यह युवक और कोई नहीं छोटे ठाकुर हैं, परंतु वह था राज। इस समय वैदराज के कथनानुसार जोगीबीर से चलकर छोटे ठाकुर से मिलने आया था।

बेचारी घटा को क्या मालूम था कि विधाता भी प्रपंची है और उसके साथ परिहास करने के लिए उसने एक ही सूरत शक्ल के दो युवकों की सृष्टि कर दी है।

उसने धीरे से गगरा सीढ़ी पर रख दिया और धीरे-धीरे आकर राज के पीछे खड़ी हो गईं। राज को कुछ पता न चल सका। घटा ने साहस कर उसके नेत्र पीछे से मूंद लिए।

राज चौंक पड़ा। नर्म हाथों का स्पर्श पाकर वह और भी आश्चर्यचकित हो उठा। घटा ने आंखों से हाथ हटा लिए और खिलखिला कर हंस पड़ीं।

युवक पूर्ववत् गम्भीर बना रहा।

'पहचान नहीं सके क्या?' घटा ने आश्चर्य से पूछा।

वह युवक को छोटे ठाकुर ही समझ रही थी। वह क्या जानती थी कि पागल-सा दीखने वाला यह युवक एक भयानक क्रांतिकारी है, जिसके पीछे आज सारे प्रान्त की पुलिस लगी हुई है, जिसका कुशल समाचार जानने के लिए जनता व्यग्र रहती है।

'पहचान लिया...।' युवक बोला—'तुम बड़ी चंचल हो।'

'अपनी कहिए...। आज सवेरे मेले में कैसी कजली की बहार रही।'

'मेले-तमाशे में मुझे दिलचस्पी नहीं...।' युवक ने अनमने भाव से कह दिया—'मैं तो यहां अपने एक मित्र थे मिलने आया हूं। वह मेरा अभिन्न मित्र है। हम दोनों एक प्राण दो शरीर हैं।'

'मैं जानती हूं उस मित्र को...?' युवक बोला—'बताओ तो कौन है वह मेरा मित्र।'

'मैं...। मुझसे ही तो मिलने आये हैं आप?'

'तुमसे...?' अवहेलना की हंसी हंसते हुए वह बोला—'तुमसे भला मैं क्यों मिलना चाहूंगा?'

युवक अत्यंत गम्भीर था, मगर अल्हड़ देहाती युवती यह न समझ सकी। उसने आवेग से युवक का दाहिना हाथ अपने पुष्ट वक्षस्थलों पर खींचकर दबा लिया। बोली—'बहुत रूठ गये हो, छोटे ठाकुर!'

युवक पर जैसे मदहोशी-सी छा गई। युवती के पुष्ट वक्षस्थल का सम्पर्क पाकर उसका हाथ कांप उठा, उसका बदन सिहर उठा, अपने अंदर उसने एक कमजोरी का अनुभव किया,

ऐसी कमजोरी, जिसे उसने स्वप्न में भी न जाना था। उसका शरीर उस मचलते यौवन को अपनी बांहों में समेट लेने के लिए व्याकुल हो उठा।

एकाएक युवक ने होश में आकर मन-ही-मन सोचा—वह एक फरार कैदी है, उसे क्या अधिकार है कि वह एक युवती के यौवन के साथ परिहास करे। आज वह यहां है, कल न जाने कहां होगा?

उसने निष्ठुरतापूर्वक झटककर अपना हाथ छुड़ा लिया और तेजी से घाट की सीढ़ियां चढ़कर घटा की दृष्टि से ओझल हो गया। इस समय कर्तव्य का विशाल पथ उसके सामने था।

यद्यपि सुन्दरी घटा के सम्पर्क ने उसे अप्रत्याशित रूप से प्रभावित किया था, उसके यौवन ने उसकी आंखों में चकाचौंध पैदा कर दी थी, उसकी चंचलता ने उसका हृदय जीत लिया था, फिर भी वह विवश था। अपने साथ वह घटा का संसार कैसे नष्ट कर सकता था?

घटा को युवक का इस प्रकार चले जाना बुरा लगा, साथ ही स्वयं पर ग्लानि भी हुई। वह देर तक तालाब के किनारे बैठी रही। अंधेरा कुछ-कुछ गाढ़ा हो चला था, फिर भी आकाश-मार्ग पर प्रदीप्त उज्ज्वल तारों से थोड़ा प्रकाश झिलमिला रह था। भयानक नीरवता फैली हुई थी, फिर भी घटा भयभीत न थी। वह ग्राम्य-बाला थी, छम-छम बरसते हुए बादलों की गर्जन सुनकर चरी के घने खेत में घुस जाने का भी साहस रखती थी।

पीछे खटका हुआ। घटा ने घूमकर देखा कि वहीं युवक।

मगर इस बार आने वाला युवक वास्तव में छोटे ठाकुर थे, जो कि राज से मिलने आये थे।

'आखिर आ गये न...?' घटा बोली—'मैं तो समझती थी कि छोटे राजा रूठकर चले गये हैं, अब लौटकर नहीं आयेंगे?'

'भला मैं तुमसे कभी रूठ सकता हूं, घटा।' छोटे ठाकुर बोले और आकर घटा की बगल में बैठ गये।

'मैं जानती थी कि आप जरूर आयेंगे—।' घटा बोली—'क्योंकि आपका स्वभाव ही न्यारा है। कभी रूठते हैं, कभी खुश होते हैं।' घटा समझ रही थी कि छोटे ठाकुर ही उसका हाथ झटककर चले गये थे, वह, फिर उसे मनाने आए हैं। उसे क्या मालूम था कि वह युवक राज था और यह है छोटे ठाकुर? वह तो दोनों को ही छोटे ठाकुर समझे हुए थी।

'तुम्हें अंधेर में डर नहीं लगता, घटा?'

'डर क्यों लगेगा—?' घटा का शरीर छोटे ठाकुर से एकदम सटा हुआ था—'अपनी कहिए।'

मैं तो यहां कभी न आता, मगर आना पड़ा। एक मित्र से मिलना था, परंतु वह यहां दिखाई नहीं पड़ता।'

‘फिर आप ऊल-जलूल बातें करने लगे। बार-बार मित्र-मित्र क्यों कह रहे हैं, छोटे राजा? सीधे क्यों नहीं कहते कि मुझसे मिलने आये थे।’ घटा ने छोटे ठाकुर के कंधे पर अपना सिर रख दिया।

छोटे ठाकुर ने उसे अपने पास खींचकर अंधेरी रात की नीरवता में उस युवती के होंठों का रस चुरा लिया।

सिहर उठी घटा।

रोमांचित हो उठे छोटे ठाकुर! मुस्कराते हुए बोले—‘हां, तुम्हीं से मिलने आया था, तुम कितनी सुंदर हो घटा।’

बड़ी देर तक दोनों अपनी सुध-बुध भूले रहे। घंटों बाद जब वे दोनों घर जाने के लिए उद्यत हुए तो काफी अंधेरा हो गया था। सन्नाटा बहुत भयानक लग रहा था। घटा ने गगरा भर लिया और ठाकुर के साथ तालाब से ऊपर आई। दोनों एक दूसरे का हाथ पकड़े, उबड़-खाबड़ पगडंडी पर चलने लगे।

एकाएक छोटे ठाकुर के कंधे पर एक कंकड़ी आकर लगी। छोटे ठाकुर ने घूमकर देखा। पास के दीर्घाकार वृक्ष के पीछे एक मनुष्य आकृति खड़ी थी, जो उन्हें संकेत से अपने पास बुला रही थी।

घटा का ध्यान उधर नहीं था। वह तो अप्राप्य को पाकर विभोर उठी थी।

छोटे ठाकुर ने उससे कहा—‘तुम चलो, मैं अपनी कलम तालाब पर भूल आया हूं, अभी लेकर आता हूं।’

घटा ने विश्वास कर लिया और कटाक्ष करती हुई वह चली गई। छोटे ठाकुर उस अस्पष्ट आकृति की ओर बढ़े। पास जाकर देखा, वैदराज थे वे।

वैदराज को देखकर कांप उठे छोटे ठाकुर!

‘कौन थी वह छोटे ठाकुर? घटिया थी न?’

छोटे ठाकुर चुप रहे।

‘राज मिला था तुमसे।’

‘नहीं।’ छोटे ठाकुर को उत्तर देना ही पड़ा।

‘वह मेरे कहने के अनुसार ठीक समय पर तालाब पर आया था, परंतु तुम नहीं आए थे। लाचार वह लौटकर मेरे घर गया, तब मैं खोजता हुआ इधर आ निकला। देखा, तुम घटा के साथ प्रेमालाप में लीन थे...।’

छोटे ठाकुर सन्न रह गए। तो क्या इस बूढ़े खूसट चुगलखोर ने उसका सारा कार्यकलाप देख लिया था।

'घबराओ नहीं छोटे राजा। किसी से कहूंगा नहीं। वैदराज की जीभ इतनी औछी नहीं है, मगर तुम्हें ऐसा नहीं करना चाहिए। तुम ठाकुर के बेटे हो और वह काछी की बेटी! ब्याह भी तो नहीं हो सकता, व्यर्थ बदनामी हाथ लगेगी।'

'प्रेम जात-पात नहीं देखता, वैदराज मामा!'

'नहीं देखता, यह मैं जानता हूं...प्रेम अन्धा होता है यह भी मैं जानता हूं, पर अनहोनी को होनी में बदलना आसान नहीं, छोटे ठाकुर! खैर जाने दोस्त चलो, घर पर राज तुम्हारी प्रतीक्षा कर रहा है।'

दोनों चुपचाप अन्दाज से अंधेरे में पगडंडी पर चल पड़े।

'बड़ी मसक्कत कर रहे हो, भीखम चौधरी! इतने सवेरे ही काम कर जुट गये?' आते ही वैदराज बोले।

'क्या करूं वैदराज! घर बैठने से पेट तो भरेगा नहीं—।' भीखम बोला, फिर पुकारा— 'बिटिया, जरा मचिया तो दे जा।'

'आई काका!' मचिया लेकर दौड़ती हुई घटा आई। वैदराज को देखकर बोली— 'पालागी वैदराज मामा!'

'जीती रहो बिटिया।' कहते हुए वैदराज ने तीक्ष्ण दृष्टि से घटा की ओर देखा।

घटा सहमकर झोंपड़ी में चली गई।

वैदराज मचिया पर बैठ गए।

'घटिया को इधर बहुत दिनों के बाद देखा है, चौधरी।' वैदराज बोले—'अब तो काफी बड़ी हो गई है। तुम्हें इसके विवाह की चिंता है कुछ?'

'है क्यों नहीं, वैदराज! मगर काछियों के घर इतना बड़ा लड़का मिलना कठिन है। सब लड़कपन में ही शादी कर देते हैं।'

'तुमने उसके विवाह का जुगाड़ पहले क्यों नहीं किया?'

'किया था, वैदराज! एक अच्छे घराने में उसका ब्याह कर दिया था, तब वह सिर्फ चार बरस की थी, मगर बिटिया का भाग फूट गया। विवाह के दो बरस बाद ही बिटिया विधवा हो गई।'

'तुम लोगों में दुबारा विवाह होता है न, चौधरी?'

'होता तो है, पर कोई सयाना लड़का मिले तब तो?'

'भीखम तमाकू चढ़ा लाया। वैदराज चिलम लेकर पीने लगे। बोले—'तुम सेहटा गांव के चौधरी हो, आज रात की कुछ खबर मालूम है तुम्हें?'

'नहीं तो...क्या हुआ वैदराज?'

'जैकरन अहीर के बड़े लड़के को जानते हो? वहीं ललुआ।'

'जानता हूं, क्या किया उसने?'

'आज रात बुधनी पासिन के घर पकड़ा गया है, दोनों में बहुत दिनों से लगाव था।'

'बुधनी पासिन को तो सभी जानते हैं, वैदराज! वेश्या का तो उसका पेशा है, मगर वह ललुआ कैसे जा फंसा?'

'अब तक ललुवा ही नहीं, कितने ही उसके पास आते-जाते रहे हैं। यह कहो कि ललुवा पकड़ा गया नहीं तो छिपे-छिपे कितने ही उसके पास रातें काटते हैं। यह गांव के लिए बड़े कलंक की बात है।'

'मैं कल ही खदेड़ दूंगा हरामजादी को।' भीखम बोला।

'सब लोग बड़े ठाकुर के पास गये थे ललुआ को पकड़कर।'

'तुम्हारे पास भी अब आते ही होंगे। पंचायत होगी और ललुआ कुजात हो जाएगा—।' वैदराज ने कहा—'चलता हूं, अब घटा का ब्याह बहुत जल्दी ठीक कर लो, देर करना ठीक न होगा।'

'जतन तो बहुत कर रहा हूं, वैदराज!'

वैदराज उठकर चल पड़े। कुछ दूर जाने पर बुधनी पासिन का मकान मिला। गोरे चिट्टे गालों पर कडुआ तेल लगाए, मुंह चिकनाए वह बैठी थी। ज्यादा खूबसूरत न थी, परंतु उठती जवानी का आकर्षण काफी मात्रा में मौजूद था।

वैदराज को देखकर वह मुस्करा पड़ीं, शेखी से।

'ललुआ को तबाह कर दिया है तुमने, बुधनी?' वैदराज बोले।

'क्या करूं, वैदराज?' बुधयनी बोली। मुस्कराने से उसके मिस्सी लगे हुए सफेद काले दांत दिखाई पड़ने लगे थे—'लोग रात-बिरात आकर मुझे तंग करते हैं। मेरे घर पर कोई मर्द नहीं कि मेरी सहायता करे। ये गांव के लोग जैसे नचाते हैं, वैसे नाचना पड़ता है। वैदराज! बैठोगे नहीं आज?' कहकर उसने एक मधुर कटाक्ष फेंका।'

'हट मरो...।' वैदराज बोले—'मुझ बुड्ढे के पास क्या रखा है, जो आंख मैली करती है?' कहते हुए वे आगे बढ़ चले।

आध कोस जाने के बाद ठाकुर की हवेली आ गई। लठैत से ठाकुर को खबर भिजवाई। तुरंत ही ठाकुर ने उन्हें बुला भेजा।'

'जुहार ठाकुर!'

'जुहार वैदराज! आओ बैठो।'

वैदराज गद्दी पर आकर बैठ गए। बोले—'छोटे ठाकुर कहां हैं?'

'अभी-अभी अम्मा से झगड़ रहा था। कहता था, मैं शादी करूंगा ही नहीं। क्या करूं?' ठकुराइन अम्मा ने उसे सिर पर चढ़ा रखा है।'

अब चाहे जैसे हो, छोटे ठाकुर की शादी हो ही जानी चाहिए। छोटे ठाकुर की उम्र अभी कच्ची है। ऐसी उम्र में लड़कों में फिसल पड़ने का डर रहता है। अच्छा मैं किसी दिन उन्हें समझाकर देखूंगा।'

'कल सेहटा गांव के तालाब पर पंचायत होगी, वैदराज!'

'मालूम है। भीखम चौधरी को बड़ा रंज हुआ है, वह घटना सुनकर।' वैदराज बोले।

ठाकुर साहब की जमींदारी में जितने गांव थे, उनमें एक-एक चौधरी होता था। वहीं गांव का मुखिया समझा जाता था। जब कभी गांव में कोई घटना होती तो चौधरी उस घटना की खबर बड़े ठाकुर को देखता, पंचायत जूटती, विचार-विमर्श होता और तब बड़े ठाकुर अपना फैसला देते थे।

ठाकुर की जमींदारी का एक भी मुकदमा कचहरी में नहीं जाने पाता था। कचहरी यहां से बहुत दूर थी। ठाकुर का काफी दबदबा था, जिससे कोई भी अपना मुकदमा कचहरी ले जाने से डरता था। ठाकुर जो फैसला करते, उसे सबको मानना ही पड़ता था।

तालाब पर पंचायत बैठी थी। खासी भीड़ थी। गांव में खूब सनसनी थी। ठाकुर की जमींदारी के सभी चौधरी, साहू-सहकार एवं अमीर-गरीब आमंत्रित थे। बहुत से लोग उत्सुकतावश भी आ गए।

'ठाकुर साहब अभी तक नहीं आए!?' पंडित रामरक्षा शास्त्री जो पूरी जमींदारी के पुरोहित एवं धर्म के ठेकेदार थे, पूछ बैठे।

'आते ही होंगे।' वैदराज बोले!

अपराधी युवक ललुआ एक कोने में, अपने पिता जैकरन के साथ बैठा हुआ था। बुधनी पासिन भी खूब बनाव- शृंगार करके आई थी।

'वह ठाकुर का हाथी आ रहा है।' किसी ने कहा और पंचायत में सन्नाटा छा गया।

हाथी पास आ गया, उस पर से बड़े तथा छोटे ठाकुर उतरे। लोग उनके स्वागतार्थ उठ खड़े हुए। ठाकुर ने आकर पंडित रामरक्षा शास्त्री को पालागन किया और पंचायत की जुहार का जवाब देकर उचित आसन पर बैठते हुए भीखम चौधरी से बोले—'तुम्हारे गांव में यह कैसी गड़बड़ी हो गई, चौधरी?'

'होनी होकर ही रहती है, बड़े सरकार! भीखम बोला।

पंचायत की कार्यवाही शुरू हुई। जिन लोगों ने ललुआ को बुधनी पासिन के घर पकड़ा था, उनके बयान हुए। सबके अंत में संकट गोंठ ने कहा—'कल काफी रात गए, ससुर ललुआ को बुधनी पासिन के घर मा जात हम देखली। हम जानत रहे कि ससुरी बुधनी वेस्सा हौ बस हम समझ गए कि दाल में कुछ करिया है, तब हम कुलि पंचन के जुटाय लावा—, फिर बड़े सरकार! हम देखली कि दूनी हरामिन आपस में लिपटि के खूब चुम्मा-चाटी करत रहेन।'

'चुप रह रे लटकू। इतनी बेशरमी पर न उतर आ कि तेरे कान भी गरम करने पड़ें—।', फिर तुरंत ललुआ की ओर अभिमुख हो कर्कश स्वर में बोले—'ललुआ।'

'जी सरकार!' ललुआ उठकर हाथ जोड़कर खड़ा हो गया, गोरा-सा छोकरा था। सत्रह साल की उमर थी। बुधनी की उमर पच्चीस से कम न थी।

'तुझ पर लगाए इलजाम सच हैं, न रे?' पूछा ठाकुर ने।

'सच हैं, सरकार!' ललुआ कांपते हुए बोला—'बुधनी ने अपनी लच्छेदार बातों में मुझे फांस लिया था, बड़े ठाकुर!'

'और तुम फंस गए?, इतने भोले हो।'

ललुआ चुप रहा।

'बैठो तुम।' ठाकुर ने आज्ञा दी—'बुधनी इधर आ?'

बुधनी ने आकर ठाकुर के सामने माथ टोका, फिर कृत्रिम आंसू बहाती हुई बोली—
'दुहाई राजा की! मेरा पूरा न्याय हो, ठाकुर मालिक। कल रात में मैं बेसुध पड़ीं सो रही थी।
कपड़ों का ख्याल नहीं था, सरकार! किवाड़ खुले थे। आंखें खुली तो देखा, यह मेरी बगल में
लेटा हुआ था। बहुत नशा किए था, ठाकुर राजा। जाने शराब पी थी या भांग। मैं डर से उठकर
भागने लगी, उसने मेरी कमर पकड़कर बैठा लिया और नशे के झोंक में गाली दी, मारा भी।
यह देखो, बड़े ठाकुर!' बुधनी ने अपनी दाहिनी जांघ खोलकर एक दाग दिखा दिया—'मैं क्या
करती, बड़े ठाकुर! इसने मुझे बेबस कर दिया था। गालों पर छाती पर, देखो सरकार!' बुधनी ने
अपने गाल दिखाए, थोड़ा-सा कपड़ा सरका कर छातियां दिखाई, उन पर दांतों के गहरे निशान
थे।

'और देखो, सरकार!' बुधनी ने एक फटी-चिथड़ी धोती ठाकुर के सामने रख दी। यही
धोती कल मैं पहने हुए थी। एकदम नई थी ठाकुर! पर आज इसकी दशा देखी जाय।'

दूर बैठे वैदराज और भीखम चौधरी में धीरे-धीरे बात हो रही थी। भीखम ने कहा—
'बुधनी बड़ी बदमाश है वैदराज! देखो, कैसी खुलकर बोल रही है, जैसे औरत नहीं, मर्द हो।
बेशरम कहीं की। कसूर उसका ही है। बेचारे को सीधा पाकर फांस लिया, अब कैसे तिरिया
चरित्तर दिखा रही है।'

उधर पंडित रामरक्षा शास्त्री और बड़े ठाकुर में अलग बातचीत हो रही थी। वे बुधनी पर
विश्वास कर ललुआ को अपराधी समझ बैठे थे। दोनों में से किसी में निर्णायक बुद्धि नहीं थी।

'कसूर ललुआ का है।' ठाकुर ने अपना विचार प्रकट किया।

'अवश्य!' शास्त्री जी ने अनुमोदन किया—'अहीर होकर एक नीच जाति से सम्पर्क
रखना अत्यंत घृणित अपराध है, राजन! इसकी प्रायश्चित व्यवस्था भी बड़ी ही कठिन होनी
चाहिए!'

ठाकुर उठ खड़े हुए बोले—'ललुआ का ही दोष है। या तो उसे पंडित जी के कहे अनुसार
प्रायश्चित करना होगा या गांव छोड़कर चले जाना होगा। साथ ही अपने माता-पिता, जमीन-
जायदाद, भाई-बंधु सबको छोड़ देना पड़ेगा।'

अब शास्त्री जी उठे और बोले—'यों तो ऐसे भारी अपराध की प्रायश्चित व्यवस्था अत्यंत
गुरुतर है, फिर भी मैं एक सहज व्यवस्था बताता हूं। पहले तो ललुआ को उदयाचल,
अस्ताचल, हिमालय, मलयाचल तथा विन्ध्याचल—इन पांचों का दर्शन करना पड़ेगा। पुनः
101 ब्राह्मणों को भोजन कराकर उन्हें गोदान देना होगा, फिर पांच वर्ष तक प्रत्येक एकादशी
को सत्यनारायण भगवान की कथा सुननी होगी।'

'मैं गरीब हूं पंडितजी।' जैकरन हाथ जोड़कर बोला—'भला इतना भारी प्रायश्चित कैसे
कर सकूंगा?'

'गरीब हो तो अपने बेटे से सम्बन्ध तोड़ लो। निकाल दो उसे घर से। जहां चाहे जाकर वह जीवनयापन करे।' कहकर शास्त्री जी बैठ गए।

'बड़ी दुविधा में पड़ गया हूं पंचों।' जैकरन बोला—'प्रायश्चित करने की ताक नहीं, बेटे को छोड़ देने में मोह लगता है, खुद उसके साथ गांव छोड़कर जा नहीं सकता, क्योंकि जगह-ज़मीन की भी तो ममता है?'

'बड़े ठाकुर!' वैदराज उठकर बोले—'गलती बड़ों-बड़ों से हो जाती है। ललुआ तो अभी छोकरा है। पहला अपराध होने के कारण उसे क्षमा कर दिया जाना चाहिए।'

'गलती के लिए मेरे पास दंड है वैदराज! क्षमा नहीं...।' ठाकुर सक्रोध बोले।

'ठीक है बड़े राजा! अगर आपका बेटा होता, तो आप क्या करते?' वैदराज का मुंह आवेश से लाल हो उठा।

छोटे ठाकुर ने कांपकर वैदराज की ओर देखा—! तो क्या वैदराज उनका भेद खोलने जा रहे हैं?

'मेरे बेटे के लिए भी यही दंड होगा, वैदराज!' ठाकुर स्थिर वाणी में बोले।

'सभी मनुष्यों से गलतियां होती हैं—।' बोले वैदराज—'यदि आपने ऐसी गलती की होती, तो?'

उपस्थित जनता कांप उठी। सिवा वैदराज के किसमें साहस था कि वह बड़े ठाकुर से ऐसा कठोर प्रश्न कर सकता है, खाल उधेड़ लेते ठाकुर उसकी।

मगर अब भी ठाकुर स्थिर रहे, बोले—'मैं ऐसी गलत करने से पहले हाथी के पांव-तले अपने आपको रख देता वैदराज!'

वैदराज एक मर्मभेदी व्यंग्यात्मक हंसी हंसकर चुप रह गए। पंचायत उठ गई।

अभागे जैकरन को अपने प्यारे लड़के ललुआ को घर से निकाल देना पड़ा। वह दूर जाकर अपनी मौसी के घर रहने लगा।

कई दिन बाद—

प्रातःकाल जैकरन अहीर उदासमान हो कंधे पर हल रखे हुए वैदराज के दरवाजे के सामने से जा रहा था, तो वैदराज ने पुकारा—'इधर आना, जैकरन!'

जैकरन ने हल को एक कोने से टिका दिया और आकर बैठ गया। वैदराज बोले—'आज तुम बहुत उदास दीखते हो?'

'हंसी करते हो, वैदराज! जिसका पट्ठा जवान बेटा बिछुड़ गया हो, वह क्या खुशी मनाएगा? अब तो जिंदगी भर खट-खट करके मरना है वैदराज!'

'तुम समझते हो कि वे लोग, जो उस दिन पंच बनके बैठे थे, वे दूध के धोऐ थे—।' वैदराज बोले—'बड़े ठाकुर, जो खद्दर के कपड़े पहनते हैं, रामरक्षा शास्त्री, जो कर्मकाण्ड बनते हैं, क्या इनका मन, इनकी आत्मा शुद्ध है, क्या इन्होंने कोई अपराध नहीं किया है!' वैदराज ने

जैकरन के कंधे पर हाथ रखकर कहा—'जैकरन! इनमें से एक-एक आदमी की करतूत मैं जानता हूं, मगर अवसिर की ताक में हूं, इसलिए चुप हूं आने दो मौका, देखना, तुम्हारा न्याय करने वाले ही तुम्हारे पैर पकड़ेंगे!'

'तुम्हारी कृपा रही तो मैं जी जाऊंगा, वैदराज!' कहकर जैकरन हल लेकर चला गया!

जोगीबीर की दरी के पास बहुत ही दुर्गम कंटकाकीर्ण जंगल है। शायद ही कोई आदमी उधर जाने का साहस कर सकता है। उसी वनस्थली में, वृक्ष-लताओं से घिरी हुई एक झोंपड़ी है। परंतु दूर से कोई देखे यह नहीं अनुमान कर सकता कि वहां कोई झोंपड़ी हो सकती है और उसमें कोई आदमी रह सकता है—एक ऐसा आदमी है, जिसके लिए राज्य की पुलिस परेशान है, जो एक भयानक क्रांतिकारी के नाम से भारत-भर में प्रसिद्ध हो चुका है—वह है राज नारायण।

अवर्णनीय निर्जनता तथा अभेद्य निस्तब्धता से भी वह भयभीत या व्याकुल नहीं होता था, हमेशा मस्त रहता था। कभी-कभी जोगीबीर के झरने पर, जो उसकी झोंपड़ी से दो सौ गज की दूरी पर था, चला जाता। घंटों चुपचाप बैठकर न जाने क्या-क्या योजनाएं बनाता रहता।

विकट साहसी था राज। रात्रि की भयानक नीरवता, गीदड़ की विकट आवाज एवं जंगल की भीषण भयंकरता उसे विचलित नहीं कर पाती थी। उसके झोंपड़े में पर्याप्त खाद्य तथा अन्य आवश्यक सामग्रियां उपस्थित रहती थीं, जिससे वह अपना जीवनयापन कर रहा था।

उसने आधुनिक राजनीति में भयंकर क्रांति उत्पन्न कर दी थी, परंतु सामाजिक क्रांति में वह अपने को असफल अनुभव कर रहा था। आज कई दिनों से वह अपने ग्राम्य-जीवन के बारे में सोचने लगा था। उस ग्राम्य-बाला की याद आते ही उसके हृदय में भीषण उथल-पुथल मच गई थी। वह उस ग्राम्य-बाला को भूल नहीं सका था। उसके अल्हड़पन की विचित्रता उसका हृदय कुरेद रही थी। कितनी शोख है वह! कितनी सुंदर! कितनी चंचल।

दोपहर को वह झरने के किनारे बैठा हुआ उसी लड़की के विषय में सोच रहा था। उसे याद आया वह दिन जबकि उसकी टोपी पानी में बह गई थी और वह स्वयं पानी में कूदकर उसे निकाल लाई थी। उसकी साड़ी पानी में लथपथ हो रही थी। छाती पर कपड़ा ऐसा कसकर चिपक गया था। कि देखकर उसका तृषित हृदय हाय-हाय कर उठा था।

उसके बाद—! उस दिन जब वह संध्या को छोटे ठाकुर से मिलने तालाब पर गया तो छोटे ठाकुर तो मिले नहीं, मिल गई वह। कितनी निर्भीक है वह कि पीछे से आकर उसकी आंखें मूंद ली थीं।

आज वह एक क्रांतिकारी युवक, जिसके हृदय में स्वतन्त्रता की आग भभक रही थी। प्रेम और सौन्दर्य के लिए जिसके मन में कोई स्थान न था, परंतु आज! वहीं युवक अपने में एक प्रकार की शिथिलता एवं बेचैनी का अनुभव कर रह था। उसका हृदय छटपटा रहा था, किसी को अपनी बना लेने के लिए।

वह उठ खड़ा हुआ, पुनः बैठ गया। हाथों से झरने का पानी जोरों से उछालकर उसने अपने मुंह पर छींटें मारे और उन कष्टदायक विचारों को अपने से दूर भगाना चाहा, मगर न भगा सका। आवेश में आकर उसने अपने दोनों हाथ बांध लिए और बार-बार अपने हाथों को ही चूमने लगा।

एकाएक पीछे से सुरीली खिलखिलाहट की आवाज शान्त वातावरण में गूंज उठी। साथ ही मधुर स्वर फूट पड़ा—'वाह, यह क्या हो रहा है?'

राज ने पीछे मुड़कर देखा। वहीं थी वह, जिसे वह अभी-अभी याद कर बेचैन हो उठा था। उसके मुख पर अव्यक्त मुस्कान खिल उठी।

वह बोला—'आओ तुम्हारी ही बात सोच रहा था।'

वह लड़की घटा ही थी। लकड़ियां लेने वह जंगल में आई हुई थी। वह आकर निर्भीकता से राज की बगल में बैठ गई। उसने राज की नाक की ओर गौर नहीं किया। अब वह सूरत उसे इतनी प्यारी हो गई थी और उसे मालूम ही क्या था कि एक ही सूरत के दो आदमी भी हो सकते हैं।

आपको पानी से बहुत प्रेम है। कभी झरने के किनारे, कभी तालाब के किनारे। आखिर पानी से इतना प्रेम क्यों है?' घटा ने कहा।

'केवल पानी से ही नहीं, एक और चीज से मुझे बहुत प्रेम है—।' राज खिसककर घटा के पास आ गया। घटा के नेत्र चंचलता से नाच उठे।

'और किससे?' पूछा घटा ने।

'तुमसे—!' राज बोला और उसने घटा का हाथ पकड़कर धीरे से अपनी हथेलियों के बीच दबा लिया।

'मुझसे! मैं कहां की सुंदर हूं कि मुझसे प्रेम करने लगे।' घटा बोली—'तुम बहुत भारी डाकू हो।'

'डाकू!' सुनकर सहम गया राज।

'हां, तुमने मेरी आंखों की नींद चुरा ली है, तुमने मेरे दिल पर डाका डाला है?'

'ओह!' कहकर राज ने उस यौवनोन्मत्त शरीर को उठाकर अपनी गोद में रख लिया और उसे अपनी बांहों के बीच बांध लिया। दोनों के पिपासातुर होंठ बड़ी देर तक आपस में जुड़े रहे। दोनों के सीने की तीव्र धड़कनें एक दूसरे से मौन हो बातें करती रहीं।

एकाएक राज इस तरह छिटककर उठ खड़ा हुआ जैसे उससे विद्युत-प्रवाह छू गया हो। उसे अपने कर्तव्य का ज्ञान हो आया। उसे किसी फिल्म में देखी-सुनी हुई ये बातें याद आईं, जिसत्रनका तात्पर्य था कि भावना से कर्तव्य ऊंचा है! उफ! वह एक अनजान ग्राम्य बाला की जवानी के साथ कैसा विकट परिहास कर रहा है।

वह सिर पकड़कर एक दूसरी चट्टान पर बैठ गया। घटा उसके पास घबराई हुई आई, बोली—'यह क्या हो गया एकाएक आपको?'

'कुछ नहीं, सिर दर्द कर रहा है। इस वक्त तुम जाओ, फिर भेंट होगी।' राज ने कहा। उसका चेहरा पीला पड़ गया था।

'अच्छा! मैं जरा ऊपर पहाड़ पर जाती हूं। लकड़ी तोड़कर दो घंटे में आ जाऊंगी। आपके लिए 'ममरी' की पत्ती लेती आऊंगी, उससे सिर-दर्द अच्छा हो जाएगा। आप यहीं रहियेगा, भला!' कहकर घटा चली गई।

बड़ी देर तक वह आत्मग्लानि में डूबा रहा। झरने के किनारे बैठा रहा। उसने निश्चय कर लिया कि अब वह उस लड़की के विषय में नहीं सोचेगा और न कभी इस झरने के किनारे आयेगा, न उस तालाब पर जाएगा।

इस दृढ़ निश्चय से उसे कुछ शांति मिली। वह अपने छिपने के स्थान की ओर बढ़ा। झोंपड़ी में आकर देखा छोटे ठाकुर उसकी प्रतीक्षा में बैठे हैं।

'चार घंटे मुझे यहां आए हो गए, मगर तुम्हारा कहीं पता नहीं—।' छोटे ठाकुर बोले।

राज उसके पास आकर बैठ गया। दोनों में बड़ी देर तक बातें होती रहीं। अंत में छोटे ठाकुर बोले—'अच्छा, अब चलता हूं। तुम ज्यादा इधर-उधर मत घूमा करो। मैं जरा झरने की तरफ जा रहा हूं। मौसम बड़ा अच्छा है।'

'मैं भी साथ चलूं?'

'नहीं।'

राज ने कोई प्रतिवाद नहीं किया।

छोटे ठाकुर झोंपड़ी से बाहर आकर झरने की ओर चल पड़े।

जिस समय छोटे ठाकुर झरने पर आए तो सूरज डूबने को था। थोड़ी देर झरने के किनारे वे बैठे रहे, फिर हवेली की ओर लौटने लगे। थोड़ी दूर आ चुकने पर सहसा उन्हें एक सुरीला गाना सुनाई पड़ा—'अब तो चढ़त, जात जवानी या, छुटत जात लड़िकइयां वा, घटत जात करि हइयां बा ना...।'

कुछ आगे बढ़ने पर उन्होंने देखा, घटा एक चट्टान पर बैठ कर कजली गाकर थकान मिटा रही है।

पास जाकर छोटे ठाकुर बोले—'तुम बहुत अच्छा गाती हो घटा। क्या अप्सरा जैसा गला पाया है तुमने।'

मुस्करा पड़ीं वह—'अब आप हवेली को लौट रहे हैं न?'

'हां, बहुत देर तक झरने के किनारे बैठा रह गया।'

'मैंने आपको बहुत खोजा, लेकिन आप वहां मिले नहीं, इसलिए यहां बैठी थी कि लौटेंगे तो आप इसी राह।'

‘ओह! तो तुमने मुझे देखा था?’

‘वाह! बड़े भोले बनते हैं, आप।’ घटा बोली—‘कहिए अब सिर का दर्द कैसा है?’

‘सिर का दर्द—?’ सोचने लगे छोटे ठाकुर—‘ओह, हां। कल रात एकाएक पीड़ा हो आई थी, अब तो ठीक है।’

‘मैं आपके लिए ‘ममरी’ की पत्ती लेती आई हूं। लीजिए, खा लीजिए। सिर का दर्द अच्छा हो जाएगा।’

‘परंतु अब तो सिर में दर्द नहीं है।’

‘नहीं, नहीं, आपको खानी पड़ेगी।’ घटा ने जबरदस्ती छोटे ठाकुर को ‘ममरी’ की पत्ती खिला ही दी।

‘आप कभी-कभी बड़े बेचैन-से दिखाई पड़ते हैं, आखिर क्यों?’ घटा ने अपनी शंका व्यक्त कर दी।

‘कुछ तो तुम्हारे प्रेम ने और कुछ सांसारिक चिंताओं ने मुझे बेचैन कर रखा है, घटा।’

‘आप मेरी चिंता न किया करें।’

‘तुम्हारी सूरत तो रात में भी मेरे सामने नाचती रहती है।’ कहते हुए छोटे ठाकुर ने उसकी ठुड्डी पकड़कर ऊपर उठा ली और उसके गुलाबी हो गए गालों पर चुम्बन की एक मुहर लगाकर बोले—‘पिताजी मुझे शादी करने के लिए विवश कर रहे हैं।’

‘तो कर लीजिए शादी।’

‘शादी करूंगा तो केवल तुमसे।’ छोटे ठाकुर ने उसे बांहों में कसते हुए दृढ़ता से कहा।

‘मैं विधवा हूं, राज! मुझसे शादी कर तुम बदनाम हो जाओगे।’

‘तुम्हारे लिए सभी बदनामी स्वीकार है मुझे, मेरी रानी!’

कहकर छोटे ठाकुर ने घटा को अपने सीने से कसकर लगा लिया।

# सोलह

कारिन्दा सिर झुकाकर बाहर जाने लगा, तो बड़े ठाकुर ने पुकारा।

'सुनो!'

कारिन्दा रुक गया।

'देखो, कल कलेक्टर साहब आने वाले हैं। जोगीबीर की दरी के पास उनका शिविर लगेगा।'

'वहां तो ठीक नहीं होगा, सरका पर! सोहट या महवारी गांव के तालाब पर शिविर लगे तो ठीक होगा।'

'अच्छा वहीं सही—!' ठाकुर बोले—'वह जगह खूब साफ करा दो। अब अहीरों को सूचना दे दो कि घर एक-एक घड़ा दूध वहां पहुंचा दे और काछी लोग एक-एक पंसेरी तरकारी। इसके अलावा सारी जमींदारी में, फी घर पांच रुपये नजर करने का मेरा हुक्म पहुंचा दो। आज शाम तक सब कार्य पूरा हो जाना चाहिए।'

'बहुत अच्छा, सरकार!'

'अब तुम जाओ, जरा छोटे ठाकुर को इधर भेज देना।'

कारिन्दा चला गया। थोड़ी देर बाद छोटे ठाकुर ने वहां प्रवेश किया।

'छोटे ठाकुर!'

'दिन-पर-दिन तुम्हारी शिकायतें मेरे पास पहुंच रही हैं। तुम अकेले ही जहां मन आता है, घूमते रहते हो। अपनी इज्जत का जरा भी ख्याल नहीं है, तुम्हें? तुम यह नहीं समझते कि तुम ठाकुर के बेटे हो, जहां जाना हो, वहां हाथी पर जाना चाहिए। साथ में लठैत होने चाहिए।'

'एक आदमी के लिए हाथी और लठैतों का होना क्या जरूरी है, पिताजी...?' छोटे ठाकुर ने साहस कर पूछा।

'तुम पागल हो।' ठाकुर सरोष बोले—'तुम सभी काम अपनी मर्जी से करते हो, परंतु तुम्हें यह ध्यान रखना चाहिए कि तुम अभी अपने पिता के आश्रित हो, पिता के धन पर गुलछर्रे उड़ाते हो।'

थोड़ा रुककर, फिर बोले—'कल कलेक्टर साहब हमारी जमींदारी का निरीक्षण करने आ रहे हैं। तुनक-मिजाज हाकिम हैं। अपने खद्दर के सारे कपड़े उतारकर रेशमी कपड़े पहन लेना, इसे मेरी आज्ञा समझो।'

छोटे ठाकुर बिना कुछ कहे कमरे से बाहर चले गए।

दूसरे दिन कलेक्टर साहब आए। डी. जी. कागहिल आई. सी. एस. उन दिनों कलेक्टर थे। उनका खूब स्वागत हुआ। प्रजा को सता-सताकर दूध, तरकारी, चावल, बकरे और रुपये

वसूल किए गए थे। बड़े ठाकुर दौड़-दौड़कर सब काम अपने हाथों कर रहे थे। बहुत से ग्रामीण बेगार में पकड़ लाए गए थे।

एकाएक छोटे ठाकुर को खद्दर के परिधान में आते हुए देखकर बड़े ठाकुर क्रोध से कांप उठे मगर लाचार थे। छोटे ठाकुर ने आकर साहब को अंग्रेजी तरीके से अभिवादन कर तबीयत का हाल पूछा। साहब एक हिन्दुस्तानी को इतनी अच्छी अंग्रेजी बोलते सुनकर बहुत प्रसन्न हुआ, फिर क्या था, अंग्रेजी में बातें होने लगीं।

'जमींदारी का काम कैसा चल रहा है, छोटे ठाकुर?' साहब ने पूछा।

'आजकल पूंजीपतियों का बोलबाला है, साहब! गरीबों का गुजर कहां?'

'गरीबों के प्रति आप बहुत सहृदयता रखते हैं?'

'हर एक इंसान यदि वह इंसान है तो उनकी हालत देखकर अवश्य सहानुभूति प्रकट करेगा। मुझे उम्मीद है कि आप भी।

'हां! हां! हमारे देश में गरीबों और अमीरों में कोई पृथकता नहीं। दोनों एक-दूसरे के पूरक हैं।'

'मगर यहां तो बात ही उल्टी है साहब! गरीबों का खून चूसकर ये पूंजीपति धनवान बनते हैं। आपके लिए जो इतना दूध, तरकारी, चावल, आटा, बकरे आदि सामान लाए हैं, सब प्रजा से जबरदस्ती वसूल किए गए हैं। इतने ग्रामीण, जो दौड़-दौड़कर काम कर रहे हैं, सब बेकार में पकड़े गए हैं।'

'अच्छा...!' साहब बोले—'मुझे आपके विचार बहुत पसंद आए छोटे ठाकुर! मुझे उम्मीद है कि बड़े ठाकुर के बाद आप समझ से काम लेंगे।'

'यदि आपकी कृपा रही तो—।'

'मुझे वे हिन्दुस्तानी ज्यादा पसंद हैं, जो चापलूसी की बातें नहीं करते, जो अपने देश की उन्नति चाहते हैं, जो अपने देश की बनी हुई चीजें इस्तेमाल करते हैं। आपको खद्दर के कपड़े पहने देखकर मुझे बेहद खुशी हुई है, मैं तड़क-भड़क से घृणा करता हूं।' कहकर छोटे ठाकुर से उन्होंने हाथ मिलाया।

छोटे ठाकुर ने कलेक्टर साहब को आशातीत नम्र तथा विनयशील पाया।

बड़े ठाकुर की समझ में कुछ नहीं आ रहा था, वे मुंह बाएं दोनों के मुख को आश्चर्यचकित भाव से खड़े देख रहे थे। यह देखकर उन्हें और भी आश्चर्य हुआ कि कलेक्टर साहब ने कभी उनसे हाथ नहीं मिलाया था, परंतु आज छोटे ठाकुर से उन्होंने हाथ मिलाया।

दोनों युवक एक साफ चट्टान पर आकर बैठ गए। उनमें से एक था राज और दूसरे थे छोटे ठाकुर!

'अब तो काफी दूर आ गए हो।' छोटे ठाकुर ने कहा—' और कितनी दूर चलना है?'

'बस अब थोड़ी दूर है—कल एक अजीब घटना घटी,? आलोक! जिसका जिक्र करना ही मैं भूल गया।

'कैसी घटना थी वह?' पूछा छोटे ठाकुर ने।

'कल सोहटा गांव के उस तालाब की ओर घूमता हुआ निकल गया था। चार बजे थे। तालाब पर कोई न था। मैं ध्यानमग्न होकर तालाब के किनारे बैठा था। एकाएक मेरा ध्यान भंग हो गया, यह देखकर कि दूर खड़ा हुआ एक देहाती किसान मुझे ध्यानपूर्वक घूर रहा है।

'देहाती किसान?'

'हां, आलोक! वह जरूर कोई जासूस था, क्योंकि जब मैं तालाब पर से लौटने लगा, तो मैंने देखा वह छिपे-छिपे मेरा पीछा कर रहा है। सब कुछ समझ गया मैं, अतः उसे भुलावा देने के लिए इधर-उधर चक्कर काटने लगा। अंत में लउरिया गांव में पहुंचकर मैं उसे चकमा देने में सफल हो गया। काफी रात गये बाहर निकला और अपने स्थान पर लौट आया।'

'यह तो तुमने बड़ी चिंताजनक बात सुनाई।'

'पर कोई चिंता करने की बात नहीं, जब तक रिवाल्वर मेरे पास है, कोई मेरा बदन छू भी नहीं सकता और यह स्थान भी ऐसी जगह पर है कि पुलिस सिर पटककर मर जाएगी, पर उसका पता न पा सकेगी।'

'अरे वह देखो। वे लोग कौन हैं?' चौंककर छोटे ठाकुर बोले। दोनों ने देखा, कुछ दूर पर हथियारबंद सिपाहियों के दो दस्ते इधर ही आ रहे हैं। अंग्रेज पुलिस इंस्पेक्टर भी उनके साथ में है।

'अब क्या करना चाहिए?' छोटे ठाकुर बोले। उनके स्वर में तनिक भी घबराहट न थी— 'उन्होंने हमें देख लिया है।'

'छोटे ठाकुर, तुम भागो यहां से। मुझे अकेले निपट लेने दो। मेरे पास रिवाल्वर और काफी कारतूस हैं।'

'यह नहीं हो सकता, राज! मैं तुम्हें इनके हाथों में पड़ने नहीं दूंगा।' छोटे ठाकुर ने कहा— 'अच्छा देखो, मैं भागता हूं। वे पहले मेरा ही पीछा करेंगे। तुम मौका पाकर अदृश्य हो जाना।'

राज के कुछ कहने से पहले ही छोटे ठाकुर भाग खड़े हुए। इंस्पेक्टर को छोटे ठाकुर को भागते हुए देखकर समझा कि असली अपराधी वही है, अतः सिपाहियों को ललकारा और

आप भी उनके पीछे दौड़ चला। असली अपराधी राज की ओर किसी ने ध्यान नहीं दिया। वह न जाने किधर जाकर अदृश्य हो गया।

'छोटे ठाकुर बहुत तेज भाग रहे थे। इंस्पेक्टर ने जब देखा कि यों इसे पकड़ सकना बहुत कठिन है, तो उसने अपनी पिस्तौल निकाली।

धांय-धांय की आवाज हुई और छोटे ठाकुर चीखकर जमीन पर गिर पड़े।

सिपाहियों ने पास पहुंचकर उन्हें हथकड़ी पहना दी।

छोटे ठाकुर के पैर में गोली लगी थी। घाव मामूली था।

घोर जंगल में यह घटना घटी थी, अतः आसपास किसी को मालूम न हो सका कि छोटे ठाकुर गिरफ्तार हो गए हैं। इंस्पेक्टर ने जेब से एक फोटो निकाली, जो वास्तव में राज की थी। उसने छोटे ठाकुर को गौर से देखा, फिर फोटो की ओर देखकर बोला—'यही है वह, ले चलो।'

छोटे ठाकुर बेहोश थे। सिपाहियों ने उन्हें उठाया और लेकर चल पड़े।

उसी दिन शाम को, जब वैदराज अपने रोगियों से छुट्टी पाकर आराम कर रहे थे तो एक विचित्र रोगी ने वहां प्रवेश किया। सिर पर कसकर वह रूमाल बांधे हुए था, मुंह पर बेतरतीब दाढ़ी-मूंछें थीं। बदन जूड़ी बुखार की तरह कांप रहा था, खूब कसकर कम्बल अपने बदन पर लपेटे हुए था।

'क्या हुआ है तुम्हें?' पूछा वैदराज ने।

'जूड़ी बुखार, वैदराज! मेरा कांपना नहीं देख रहे हैं आप?' उसकी जबान भी कांप रही थी—'मेहरबानी कर जल्द कोई दवा दीजिए।'

दो-चार लोग जो वैदराज के पास केवल गप्प लड़ाने आए थे, उठकर चले गए। वैदराज रोगी को लेकर कोठरी में आए। कोठरी में आते ही रोगी एकदम चंगा हो गया। उसने कम्बल एक ओर फेंक दिया और लपक कर अंदर से किवाड़ बंद कर दिए और सांकल चढ़ा दी। वैदराज घबराहट भरे स्वर में बोले—'यह कैसा जूड़ी बुखार है? कौन हो तुम?'

रोगी हंसता हुआ आकर गद्दी पर वैदराज के सामने बैठ गया। मुंह से नकली दाढ़ी-मूंछें हटा लीं, बोला—'बहुत छिपकर आया हूं मामा!'

'राज तुम?' चौंक पड़े वैदराज—'बात क्या है? कोई नई घटना हुई है क्या?'

'गजब हो गया है। मामा! छोटे ठाकुर ने मेरी जगह अपने को पुलिस के हाथों सौंप दिया है। मुझे बचाने के लिए ही उन्होंने यह आत्म-त्याग किया है।'

'यह बहुत बुरा हुआ है। अड़े ठाकुर जो न कर डालें, वह थोड़ा है, यद्यपि छोटे ठाकुर के छूट जाने में कोई कठिनाई नहीं होगी। जहां उन्होंने यह बताया कि मैं आलोक हूं, तुरंत उन्हें छोड़ दिया जाएगा।'

'मगर वे बतायेंगे नहीं, मामा! मेरे लिए वह नादान दोस्त सब कुछ कर सकता है। वह जीवन भर जेल में सड़ता रहेगा, मगर यह न बतायेगा कि वह असल अपराधी नहीं है। बहुत जिद्दी है वह, मामा!'

'और कोई डर नहीं, डर है तो ठाकुर का। छोटे ठाकुर को एकाएक गायब पाकर वे जल-भुन जाएंगे। छोटे ठाकुर को छुड़ाने के लिए मैं जमीन-आसमान एक कर दूंगा, परंतु उनके छूट जाने पर जब बड़े ठाकुर उनसे इतने दिनों की गैरहाजिरी का कारण पूछेंगे, तो क्या बतायेंगे, छोटे ठाकुर!'

बहुत देर तक परामर्श होता रहा। सन्ध्या हो चली थी। तभी बन्द दरवाजे पर थपकी की आवाज सुनाई पड़ीं। वैदराज ने जाकर दरवाजा खोला। आगन्तुक को देखते ही सन्न रह गए थे। बाहर बड़े ठाकुर खड़े थे हाथ में लाठी लिए। हाथी एवं एक लठैत दरवाजे पर खड़े थे।

'जुहार हो बड़े ठाकुर!'

'जुहार, वैदराज!' कहते हुए ठाकुर दरवाजा ठेलकर अंदर घुस आए। राज पर उनकी नजर पड़ीं तो ताड़नायुक्त स्वर में बोल उठे—'खूब रहा! शाम हो गई और तुमने सुबह से अब तक हवेली पर कदम नहीं रखा। मैं और तमाम लठैत खोजते-खोजते परेशान हो रहे है और तुम यहां बैठे हुए वैदराज से गप्पें मार रहे हो? क्यों छोटे ठाकुर!'

राज समझ गया कि ठाकुर उसे आलोक समझ रहे हैं।

वह घबरा उठा, परंतु वैदराज ने उसे संकेत कर सावधान कर दिया।

वैदराज भी इस समय किंकर्तव्य-विमूढ़ से हो रहे थे, परंतु शीघ्र ही स्वस्थ होकर बोले—'छोटे ठाकुर प्रातःकाल जब यहां आए तो उस समय उनकी नाक में तीव्र पीड़ा हो रही थी। कोई आदमी नहीं था, इसी से आपको खबर न दे सका।' वैदराज ने कुछ समझकर ही नाक के दर्द का बहाना किया था।

'नाक में दर्द?' ठाकुर बोले।

'जी हां सरकार! इनकी नाक में फोड़ा होने का भय है—।' वैदराज कहने लगे—'आप जरा चारपाई पर बैठिए, मैं इनकी नाक पर पट्टी लगा दूं तो यह भी आपके साथ चले जाएंगे।'

'बहुत अच्छा!' ठाकुर बाहर चारपाई पर बैठ गए।

वैदराज कपड़े की एक पट्टी पर कोई मलहम लगाते हुए धीरे से बोले—'तुम्हें बड़े ठाकुर के घर जाना होगा और तब तक आलोक बनकर रहना होगा, जब तक छोटे ठाकुर जेल से छूटकर नहीं आ जाते। मैं उनको छुड़ाने का भरसक प्रयत्न करूंगा। तुम्हें कोई पहचान न सके ऐसा प्रयत्न करना होगा। वैसे सूरत-शक्ल में तुम छोटे ठाकुर से मिलते ही हो। केवल तुम्हारी नाक में जरा-सा फर्क है, इसलिए मैं उस पर पट्टी लगाए देता हूं। तुम पट्टी बदलवाने के बहाने दिन में एक बार मिल अवश्य लिया करना।'

'मगर मामा!'

'घबराओ नहीं, छोटे ठाकुर बनकर रहने पर पुलिस तुम्हारा कुछ भी न कर सकेगी।' उन्होंने राज की नाक पर लम्बी-सी पट्टी लगा दी और उसे लेकर बाहर आए।

बड़े ठाकुर और राज हाथी पर जा बैठे! हाथी चल पड़ा। हवेली पर पहुंचकर दोनों उतर पड़े। राज का हृदय धड़क रहा था आज वह एक अनजानी जगह में अपरिचित लोगों के बीच जा रहा था।

'तुम्हारी तबीयत ठीक नहीं है, अपने कमरे में जाकर सो रहो।' ठाकुर ने आज्ञा दी।

राज क्या जाने कि छोटे ठाकुर का कमरा किधर है? वह असमंजस में पड़ गया।

'अच्छा चलो मैं ही तुम्हें पहुंचा देता हूं।' कहकर ठाकुर आगे-आगे चले और पीछे-पीछे राज दोनों एक प्रशस्त कमरे में आए। राज को चारपाई पर लेट जाने का आदेश देकर वे चले गए।

छोटे ठाकुर की तबीयत खराब होने की बात सुनकर थोड़ी ही देर में घर के सभी सदस्य उन्हें देखने आ गए। ठकुराइन अम्मा ठकुराइन तथा अन्य नौकर-चाकर तरह-तरह के सवाल करने लगे। सवालों से राज ने घबराकर सिरदर्द का बहाना कर दिया।

फिर क्या था? बूढ़ी ठकुराइन अम्मा ने सिरका और तिल के तेल में एक कपड़ा भिगोकर उसके सिर पर रख दिया और बहुत ना-नुकर करने पर भी उसे लवंग की आंटी पिलाकर ही छोड़ा।

दूसरे दिन प्रातःकाल सभी प्रमुख समाचार पत्रों में भयानक क्रांतिकारी राज नारायण की गिरफ्तारी का समाचार बड़े-बड़े अक्षरों में प्रकाशित हुआ—भयानक क्रांतिकारी राज गिरफ्तार! उसको पकड़ने के लिए पुलिस ने गोली चलाई आदि शीर्षकों से पत्रों के कॉलम रंगे हुए थे।

जेल में आने पर, आलोक को जेल के हॉस्पिटल में भर्ती कर दिया गया था, क्योंकि उसके पैर में जख्म था। उसका आपरेशन हुआ, जहां से गोली निकाली गई।

एक सप्ताह में आलोक कुछ-कुछ टहलने लायक हो गया। लाख पूछने पर भी उसने यह नहीं बताया कि वह असल अपराधी नहीं है। उसे राज के प्रति हार्दिक सहानुभूति थी। वह अपने मित्र के लिए सब कुछ सहन करने के लिए तैयार था।

राज को कोई पहचान न सका था। उस चतुर युवक ने सारी परिस्थितियां आश्चर्यजनक रीति से संभाल ली थीं। उसे यह भी मालूम हो गया कि आलोक पर जितना प्यार ठकुराइन अम्मा करती है, उतना ठकुराइन और ठाकुर नहीं। राज दिन में एक बार वैदराज के यहां नाक पर पट्टी लगवाने के लिए बाहर अवश्य जाता और उनसे प्रार्थना करता कि वे आलोक की मुक्ति के लिए यथाशीघ्र प्रबन्ध करें।

जमींदारी भर में छोटे ठाकुर की नाक पर जख्म होने की खबर फैल गई थी। घटा ने भी खबर सुनी थी। नित्य-प्रति उसके ही दरवाजे पर थे छोटे ठाकुर का हाथी जाता था। बोलने का

मौका न पाकर वह केलव दर्शन से ही सन्तोष कर लेती थी। राज भी जान गया था कि उसकी प्रेयसी का घर यही है, जिसका अभी तक उसने नाम भी नहीं पूछा था।

एक दिन ठकुराइन और ठाकुर में चुपके-चुपके बातें हो रही थीं—

'पहले आलोक को देखकर उसके प्रति मेरे दिल में प्रेम नहीं उभर पाता था—।' ठाकुर बोले—'लेकिन जब से उसकी नाक पर घाव हो गया है, तब से जब भी उसे देखता हूं, तो हार्दिक स्नेह उमड़ पड़ता है, उसे देखकर। ऐसा तो पहले कभी नहीं हुआ था, ठकुराइन।'

'यही बात तो मैं भी आपसे कहने वाली थी।' ठकुराइन ने कहा—'आजकल मुझे भी आलोक के प्रति अगाध स्नेह उमड़ पड़ता है। ऐसा पहले कभी नहीं होता था, ठाकुर! अब जब उसे देखती हूं तो जान पड़ता है कि जैसे मेरी छाती में दूध उतर आया है। आखिर है तो वह अपना ही बेटा न, ठाकुर! तो, फिर ऐसा क्यों न हो?'

'मैं देखता हूं कि आज की वह बहुत चिंतित रहता है। मुंह दिन-पर-दिन सूखता जा रहा है।'

'जिद्दी भी तो वह ऐसा है कि नाक का घाव दिखाता ही नहीं। यदि घाव गहरा हो तो मेरी राय है कि शहर चलकर किसी अनुभवी डॉक्टर को दिखला दिया जाए।'

'परंतु वह शहर जाने को राजी नहीं होता था। इस तरह दो सप्ताह व्यतीत हो गए और एक दिन वैदराज कलेक्टर साहब के बंगले पर पहुंच ही गए। पांच रुपए इनाम नजर करने पर अर्दली ने कलेक्टर साहब को वैदराज के आने की सूचना देना मंजूर किया।

शीघ्र ही वैदराज की बुलाहट हुई। वैदराज ने अंदर जाकर साहब को अभिवादन किया।

अभिवादन स्वीकार करते हुए साहब ने पूछा—'बोल वैदराज! कैसे तकलीफ किया?'

हाथ जोड़ बहुत ही विनम्र स्वर में वैदराज बोले—'मुझे ठाकुर दीप नारायण सिंह ने भेजा है, हुजूर!'

'ओह ठाकुर साहब ने!' साहब हंसकर बोले—'क्या फरमाया है उन्होंने?'

'उनकी तबीयत ठीक नहीं है, नहीं तो वे खुद ही हुजूर की सेवा में हाजिर होते।' वैदराज ने कहा।

'मगर उन्होंने फरमाया क्या है?'

'बात यह है कि छोटे ठाकुर को पुलिस इंस्पेक्टर साहब दो सप्ताह हुए राज नामक डाकू समझकर पकड़ लाए हैं। आज तक बड़े ठाकुर को यह बात मालूम नहीं थी, कल मालूम हुई है, इसलिए आपको इत्तला करने में देर हुई।'

'अच्छा...।' मैं पुलिस इंस्पेक्टर को अभी फोन करता हूं।'

साहब देर तक टेलीफोन पर बातें करते रहे। तत्पश्चात रिसीवर रखकर बोले—'इंस्पेक्टर कहते हैं कि उन्होंने ठीक अपराधी को पकड़ा है। मैंने उन्हें अपराधी का फोटो लेकर जेलखाने पर आने को कह दिया है। हम लोग भी अभी चलते हैं।'

तुरंत ही साहब की कार तैयार हुई! साहब और वैदराज कार में आकर बैठ गए। कार जेल की ओर भाग चली।

जिस समय कलेक्टर साहब जेल में पहुंचे, उस समय तक इंस्पेक्टर साहब नहीं आए थे। साहब ने जेलर को हुक्म दिया कि वह क्रांतिकारी कैदी राज को ले आये।

तुरंत ही छोटे ठाकुर उपस्थित किए गए। देखते ही साहब चौंक पड़े, फिर अंग्रेजी में बोले—'छोटे ठाकुर आप?'

'जी हां।'

'आपने पहले किसी को यह बताया क्यों नहीं कि आप असली अपराधी नहीं हैं।'

छोटे ठाकुर ने कुछ उत्तर नहीं दिया। सिर नीचा कर लिया।

'कुछ दिनों से—।' कहकर वैदराज ने अपने सिर की ओर इशारा किया और साहब समझ गए कि इनका दिमाग कुछ दिनों से खराब है।

इंस्पेक्टर आ गया, सलाम करके बोला—'यह असल अपराधी है, हुजूर।' और उसने फोटो निकालकर साहब के सामने कर दिया।

उस फोटो पर नजर पड़ते ही साहब चौंक पड़े।

वैदराज बोले—'हुजूर! दोनों की नाक को गौर से देखें?'

गौर से देखने पर साहब को मालूम हो गया कि यह असल अपराधी नहीं है। साहब और इंस्पेक्टर ने माफी मांगी और वैदराज से बोले—'बड़े ठाकुर से हमारा सलाम बोलना और अर्ज़ करना कि हमसे भारी गलती हो गई है। हम माफी चाहते हैं।'

उसी समय छोटे ठाकुर छोड़ दिए गए।

वैदराज चुपके-चुपके रातों-रात छोटे ठाकुर को घर ले आए।

रात को भोजनोपरांत छोटे ठाकुर बोले—'अब पिताजी से निपटना रह गया है। पता नहीं मेरी अनुपस्थिति पर वे कितना क्रुद्ध होंगे?'

'चिंता न करो, छोटे ठाकुर! आजकल तुम्हारी गद्दी पर राज विराज रहा है।—नाक पर पट्टी बांधकर।' वैदराज ने कहा।

'राज!' आश्चर्य से बोले छोटे ठाकुर—'क्या उसे कोई पहचान नहीं सका?'

'कोई नहीं...वह रोज सवेरे नाक पर पट्टी लगवाने के बहाने आता है। कल उसे रोक लूंगा और तुम चले जाना।

'धन्य है तुम्हारी बुद्धि वैदराज!'

प्रातःकाल हाथी पर चढ़कर राज आया! आलोक से वह एकांत कमरे में मिला। दोनों अभिन्न हृदय मित्र एक दूसरे के गले से आ लगे। दोनों के नेत्रों में आनन्दाश्रु उमड़ पड़े।

'तुम बहुत बड़े शरारती हो।' राज बोला—'उस दिन तुमने अपने को पुलिस के हवाले कर दिया था?'

'तुम क्या कम शैतान हो? मेरे घर में दो सप्ताह से अधिकार जमा रखा है। बोलो क्या चुराया है तुमने?'

'सिर्फ एक चीज।'

'वह क्या?'

'तुम्हारी तस्वीर!' राज ने कहा और जेब से एक तस्वीर निकालकर छोटे ठाकुर को दिखा दी।

'तुम्हारा पागलपन अभी तक नहीं छूटा है। भला मेरी फोटो की क्या जरूरत पड़ गई? तुम अपना ही मुंह आइने में देख लेते!'

'आइने में तुम्हारे जैसी सुंदर नाक नहीं दिखाई पड़ती।' कहकर राज हंसने लगा।

'अब कहां जाओगे?' पूछा छोटे ठाकुर ने।

'वहीं उसी स्थान पर। वह अभी तक निरापद है।'

कुछ और बातचीत करने के बाद आलोक हाथी पर आकर बैठ गया। लोगों को यह देखकर बड़ी खुशी हई कि छोटे ठाकुर की नाक का घाव अच्छा हो गया और पट्टी से छुट्टी मिल गई है।

# अठारह

वैदराज अत्यधिक आश्चर्यचकित हो उठे। पंडित रामरक्षा शास्त्री और जैकरन अहीर को इस मध्याह्न बेला में आया देखकर। जैकरन अहीर वैदराज का पांव पकड़कर बोला—'दुहाई वैदराज की! मेरा न्याय अभी हो। मैंने छोटे ठाकुर को घटिया के साथ तालाब पर देखा है। अब बड़े ठाकुर से कहिए कि वे छोटे ठाकुर का भी न्याय करें—उसी तरह जिस तरह उन्होंने ललुआ का किया था।'

'तुम यह साबित कर सकते हो?' वैदराज का चेहरा अतिशय गम्भीर हो उठा।

'हां वैदराज! इसीलिए पंडित जी को साथ लेकर आपके पास आया हूं। मैं साबित कर सकता हूं।'

'तो ठीक है। यह मामला चलकर बड़े ठाकुर के सामने उपस्थित करो।'

'चलिए वैदराज! शीघ्र बड़े ठाकुर के पास चलिए—!' जैकरन बोला।

'तुम बड़े तैश में आ गए हो जैकरन—!'

'तैश नहीं वैदराज! उजड़ा हुआ व्यक्ति क्या तैश में आएगा? मुझे अब देखना है कि न्याय की दुहाई देने वाले ठाकुर में न्याय का कितना वजन है?' जैकरन ने सीना ऊंचा कर कहा—'चलिए देर न कीजिए!'

दोपहर का खाना खाकर अभी बड़े ठाकुर लेटे ही थे कि ठकुराइन धीरे से आकर उनकी चारपाई पर बैठ गईं। ठाकुर जानते थे कि ठकुराइन का इस प्रकार आकस्मिक आना कोई-न-कोई विशेष तात्पर्य रखता है। अतः उन्होंने पूछा—'कोई जरूरी काम है क्या ठकुराइन?'

'है अवश्य, पर कहते हुए बड़ी दुविधा होती है, ठाकुर!'

ठाकुर चारपाई पर उठकर बैठ गए। स्नेहपूर्वक बोले—'कुछ कहो भी!'

'बड़ा अचरज है ठाकुर! जब से छोटे ठाकुर की नाक पर से पट्टी हटी है, मेरे दिल में न जाने, वह मोह नहीं रहा! हृदय में वह स्नेह नहीं उमड़ता। थोड़े दिनों तक तो बहुत संतोष था, ठाकुर! अब तो पुनः पहले जैसी बेचैनी रहने लगी है।'

'यह बात मैं तुमसे कहने वाला था। आज सुबह उससे पूछा कि नाक पर किसी घाव का निशान क्यों नहीं है, तो बोला—'नाक में फोड़ा हो रहा था, बैठ गया, फिर निशान कैसे रहेगा?'

'आज मध्यान्ह से ही न जाने कहां पैदल गया हुआ है।'

उसी समय बाहर से चुटकी बजने की आवाज आई। ठकुराइन भीतर चली गईं! एक लठैत हाजिर हुआ और बोला—'शास्त्री जी, वैदराज और जैकरन अहीर बैठक में सरकार की बाट देख रहे हैं।'

ठाकुर उठकर बैठक की ओर चले।

जैसे ही ठाकुर ने बैठक में प्रवेश किया, उन्होंने पंडित रामरक्षा शास्त्री और वैदराज को गद्दी पर तथा जैकरन अहीर को हाथ जोड़े जमीन पर बैठे हुए देखा।

बड़े ठाकुर ने शास्त्री जी को प्रणाम किया और वैदराज ने बड़े ठाकुर को जुहार की।

'बहुत संगीन मामला आ गया है, बड़े सरकार!' वैदराज बोले उनके मुख पर गम्भीरता थी—'जैकरन का कहना है कि उसने छोटे ठाकुर को...।'

'कहो! कहो!' ठाकुर अधीर होकर बोले—'रुक क्यों गए, वैदराज—?'

'जैकरन का कहना है कि उसने छोटे ठाकुर को घटिया के साथ तालाब पर देखा है।' वैदराज ने बात खोल दी।

सुनकर बड़े ठाकुर का रोम-राम सिहर उठा। आंखों में लाल-लाल डोरे उतार आए। क्रोधपूर्ण स्वर में बोले---'घटिया—? भीखम

चौधरी की बिटिया?'

'हां, ठाकुर!' शास्त्री जी बोले।

'दुहाई हो ठाकुर की! न्याय होना चाहिए, ठीक उसी तरह जिस तरह मेरे लड़के का हुआ है! अत्यधिक विह्वल होकर जैकरन बोला।

'चुप रह!' गजरे ठाकुर—'बेईमान कहीं का। इतना अधीर क्यों हो रहा है?'

ठाकुर का क्रोध देखकर जैकरन थर-थर कांपने लगा।

'दिखा सकता है, मुझे तू?

'हां, बड़े राजा!' जैकरन बोला।

'तो चल, जल्दी चल—!' बड़े ठाकुर की आंखों में खून उतर आया था। चेहरा लाल हो रहा था और वे क्रोध से कांप रहे थे।

वे उठकर अंदर चले गए। थोड़ी देर बाद जब वे निकले, तो उनके बदन पर रेशमी मिर्जई तथा हाथ में मजबूत डण्डा था। वैदराज ने आगे बढ़कर ठाकुर का डण्डा पकड़ लिया।

'डण्डा रख दो ठाकुर—!' वैदराज बोले—'वे जानते थे कि क्रोधित ठाकुर हाथ में लाठी रहने पर जो न कर डालें।'

बड़े ठाकुर कुछ बोले नहीं। लाठी उन्होंने नहीं रखी। चुपचाप बाहर आए। ठाकुर को कहीं जाते देख लठैत साथ हो लिए।

'तुम लोग रुको।' ठाकुर ने आज्ञा दी।

जैकरन के पास एक छाता था। उसने बड़े ठाकुर के ऊपर छाता खोलकर छाया कर दी। सब सेहटा गांव की ओर तेजी से बढ़ चले।

निर्मल जल के किनारे बरगद के साए में, प्रेमालाप करते हुए उन दो प्रेमासिक्त व्यक्तियों को यह क्या मालूम था कि उनकी उच्छृंखलता देखने के लिए समाज के बड़े-बड़े कर्णधार उपस्थित हुए हैं।

तालाब के किनारे एक घने वृक्ष की ओट में आकर खड़े हो गए सब लोग—ठाकुर, शास्त्री, वैदराज और जैकरन।

उस समय प्रेमाभिनय में भूले हुए वे दोनों मदहोश प्रेमी, एक दूसरे से लता की तरह लिपटे हुए दोपहरी की ज्वाला को और उद्दीप्त कर रहे थे। दोनों के मुंह एक हो रहे थे, छातियां एक दूसरे की धड़कन सुन रही थीं, बोंहें एक दूसरे को अपने में समाए हुए थीं।

बड़े ठाकुर ने प्रज्ज्वलित नेत्रों से देखा—अपने बेटे का वह नग्न रूप, जिसके लिए उन्होंने आज तक कितनों को कठिन-से-कठिन दण्ड दिये थे। उनका शरीर जोरों से कांप उठा। उन्होंने अपने दोनों हाथों से दोनों आंखें मूंद लीं। डण्डा खट से जमीन पर गिर पड़ा।

जैकरन ने आगे बढ़कर ठाकुर का कम्पित शरीर पकड़ लिया। एक भी शब्द बिना उच्चारण किए वे उसी क्षण वहां से लौट आए।

बैठक में आकर धम्म से गद्दी पर गिर पड़े, फिर बोले—'क्या होना चाहिए, वैदराज?'

'न्याय होना चाहिए बड़े ठाकुर!' शास्त्री जी बोले उठे।

'होगा पंडित जी! न्याय होगा—।' बड़े ठाकुर लम्बी सांस लेकर बोले—'लोग देखें ठाकुर का वह न्याय, जो अब तक उन्हें देखने को नहीं मिला होगा।'

वैदराज ने कुछ कहना चाहा मगर चुप रहे।

'मैं इज्जतदार आदमी हूं, अपनी इज्जत की धूल में मिलते न देख सकूंगा, पंडित जी—!' मैं ठाकुर हूं! जीने की इच्छा है, तो मरने की शक्ति भी है।'

'ठाकुर!' वैदराज बोले—'कितने कमजोर हो तुम! जरा-सी बात में ही मरने की ठान ली।'

'यह मेरी प्रतिष्ठा का प्रश्न है, वैदराज! और प्रतिष्ठा के साथ उचित न्याय का भी।'

'आपको अपनी प्रतिष्ठा का इतना ख्याल है सरकार, पर गरीबों की प्रतिष्ठा कुचल देने में आप तनिक भी संकोच नहीं करते—।' दिलजले जैकरन ने भयंकर व्यंग्य किया।

ठाकुर बिगड़े नहीं, बोले—'जैकरन! इस समय मुझ पर जो बीत रही है, वह मैं ही जानता हूं। उस बेईमान छोकरे को दण्ड देने की बात होती, तो मुझे रंचित भी दुख न होता—दुख है, तो इस बात का कि उसने ठाकुर घराने की इज्जत का तनिक भी ध्यान नहीं रखा। उसने मेरी उठी हुई मूंछें नीचे झुका दी हैं।'

लोगों ने आश्चर्य से देखा कि ठाकुर की ढेंठी हुई मूंछें सचमुच नीचे की ओर झुक गईं हैं। ठाकुर कहते गए—'अब ये मूंछें कभी न ऊंची होंगी, जैकरन! मैं बहुत शर्मिन्दा हूं, मेरे लिए इतना ही दण्ड काफी है, मैं घुटना टेककर तुमसे अपनी इज्जत की भीख मांगता हूं।'

वह दुर्दान्त जमींदार, जिसकी निर्दयता दूर-दूर तक प्रसिद्ध थी, आज सचमुच एक गरीब कृषक के पैरों पर गिर पड़ा था। आंखों में आंसू आ गए थे उसके।

जैकरन ने झटपट अपने पैर खींच लिए—'मुझे नरक में न घसीटो, बड़े राजा!' उसने कहा—'आपके न्याय पर अपने बेटे का बलिदान किया है, तो आज अपने आपको आपकी इज्जत के लिए बलिदान करता हूं। आप मालिक है। आपकी इज्जत में दाग लगे, ऐसा मैं कभी नहीं करूंगा, ठाकुर! अब मेरे मुंह से कोई भी इस बात को नहीं सुन सकेगा।'

ठाकुर उठ खड़ा हुआ। चेहरा आंसुओं से तर था! आज उनकी यथेष्ट मानहानि हुई थी। उन्होंने पुकारा—'सम्पत!'

एक लठैत आ उपस्थित हुआ।

'छोटे ठाकुर आयें हों तो उन्हें यहां उपस्थित करो।'

छोटे ठाकुर आए। बड़े ठाकुर ने लठैत को संकेत से बाहर जाने की आज्ञा दी।

छोटे ठाकुर खड़े रहे।

'छोटे ठाकुर!' गरज कर बोले बड़े ठाकुर—'आज इन आंखों ने तुम्हारी वह करतूत देखी है, जिससे ठाकुर घराने की प्रतिष्ठा

धूल-धूसरित हो गई'है।'

'पिताजी!'

'चुप रहो—।' चिल्ला पड़े ठाकुर—'बीच में बोलते शर्म नहीं आती। कई पुश्तों से जिस घराने पर कोई धब्बा न लगा था, आज उस पर धब्बा लगाकर जुबान लड़ाते हो—!' उठकर खड़े हो गए ठाकुर! उनकी जबान, अपने हाथ-पैर, उनके होंठ बेतरह कांप रहे थे।

'धुरहू! सम्पत! बिरजू! सरजू बाबा!' कर्कश आवाज में पुकारा उन्होंने।

पांचों लठैत आ उपस्थित हुए।

'छड़ी लाओ।' उन्होंने क्रोध में कड़ककर कहा।

एक लठैत ने बेंत की एक लम्बी छड़ी उनके हाथ में दे दी।

सटाक्! सटाक्! उनके हाथ का वह पतला बेंत छोटे ठाकुर की पीठ पर पड़ने लगा। छोटे ठाकुर सिर नीचा किए हुए खड़े रहे।

एक शब्द भी न बोले। मुंह से उफ् तक नहीं निकला। लठैत भी मौन खड़े रहे।

'ठाकुर!' चिल्ला पड़े वैदराज, जो अकस्मात ही उस समय वहां आ पहुंचे थे—'अनर्थ न करो, ठाकुर!' दौड़कर उन्होंने ठाकुर के हाथ की वह बेंत पकड़ ली।

'छोड़ दो, छोड़ दो, वैदराज!' ठाकुर गरज कर बोले—'यह ठाकुर का बेटा नहीं है। ठाकुर का बेटा होता तो मर जाता, मगर ऐसा कुकर्म न करता, वैदराज! इस चमार के बेटे ने—।'

'ठाकुर...! बडे ठाकुर!' वैदराज तीव्र आवाज में बोले—'तुम्हारी जुबान बेलगाम हो रही है ठाकुर! इतना नीचे गिरकर तुम अपने आपको कलंकित कर रहे हो। छोटे ठाकुर नहीं, तुम स्वयं अपनी प्रतिष्ठा पर कुठाराघात कर रहे हो।'

बड़ी कठिनाई से ठाकुर का क्रोध शांत हुआ। छोटे ठाकुर अंदर आए। उनकी आंखों में आंसू न थे, क्रोध न था, घृणा न थी—उनमें था विराट प्रश्न-चिन्ह।

आंगन में ठकुराइन खड़ी थी। बोली—'क्या हुआ बेटा—?'

छोटे ठाकुर बोले कुछ नहीं। कमरे में आकर कमीज उतारी और चारपाई पर लेट गए। आज से पहले ठाकुर ने उन्हें सैकड़ों बार झिड़कियां दी थीं, मगर पीटा कभी न था।

छोटे ठाकुर का हृदय क्षोभ से फटा जा रहा था।

ठकुराइन ने कमरे में प्रवेश किया। छोटे ठाकुर के नंगे बदन पर नजर जाते ही वे हाय कर उठीं—'उफ्! इतना मारा जाता है कहीं? बराबर के बेटे पर हाथ उठाते हुए शर्म नहीं आई उन्हें?' छोटे ठाकुर के शरीर पर बेंत के दाग उपट गए थे। कहीं-कहीं चमड़ा उचड़ गया था।?

ठकुराइन हांफती हुई दौड़ी आई। छोटे ठाकुर के बदन पर बेतों के निशान देखकर रोने लगीं। अब छोटे ठाकुर अपने को संभाल न सके। चारपाई पर से उठे। गले में कमीज डाली और तेजी के साथ दरवाजे के बाहर निकल गए। ठकुराइन को अनर्थ की आशंका हुई। वे दौड़ी हुई ठाकुर के पास आईं।

'तुमने मारा है छोटे ठाकुर को?' पूछा उन्होंने।

'हां!' ठाकुर का स्वर गंभीर था।

'आखिर क्यों?'

'तुम्हें जानने की कोई जरूरत नहीं, जितने आदमी जान गए हैं, उतना ही काफी है।'

'इतना मारा जाता है कहीं? सारा बदन छिल गया है उसका।' ठकुराइन रुंधी आवाज में बोलीं।

'छिल जाने दो, उसने आज जो कार्य किया है, वह ठाकुर घराने में सैकड़ों पुश्तों से न हुआ होगा, कान खोलकर सुन लो—भीखम चौधरी की बेटी घटिया के साथ वह प्रेमालाप कर रहा था...।'

'तुम बहुत निर्दयी हो, गलती सभी से होती है, क्या तुमसे नहीं हुई है?'

सुनकर ठाकुर सिर से पैर तक कांप उठे।

ठकुराइन ने उसकी इस कमजोरी पर तनिक भी ध्यान न देते हुए अपनी बात जारी रखी— 'वह न जाने किधर गया है। न जाने क्या इरादा है उसका। तुम उसे लौटा लाओ!'

'मैं लौटाने नहीं जाऊंगा। तुम अंदर जाओ! शाम तक वह खुद ही घूम-फिरकर चला आएगा।' ठाकुर ने कहा।

ठकुराइन क्रोध से कांपती हुई भीतर चली गई।

बड़े ठाकुर आज भी अत्यंत व्यग्र थे। हाथ मलते हुए बैठक में टहल रहे थे। सदा ऐंठी रहने वाली मूंछें अभी नीची थीं। बदन पर रेशमी मिर्जई थी। हाथ की लाठी कोने में रखी हुई थी। उसी समय कारिन्दा ने प्रवेश किया।

'मिला वह?' ठाकुर ने पूछा।

'नहीं।'

'नहीं?'

'जी नहीं! जमींदारी का चप्पा-चप्पा ढूंढ लिया गया है...।' कारिन्दा बोला—'जोगीबीर की दरी, सेहटा, महुवारी कहीं भी उनका पता नहीं।'

'वैदराज से पूछा था?'

'जी हां! वे कहते थे कि उन्हें इस बात का जरा भी पता नहीं, सुनकर उन्हें बहुत रंज हुआ।'

ठाकुर यह अशुभ समाचार सुनकर अधीर हो गए। उनका मन मसोस उठा। अपने आपको धिक्कारने लगे।

राहत पाने के लिए वे भीतर आए तो उन्होंने देखा ठकुराइन गीली आंखें लिए हुए बैठी है।

'कहीं पता न लग सका, ठकुराइन।' उदास मन से बोले ठाकुर!

'कहीं नहीं?'

'लठैत और कारिन्दा खोजते-खोजते हार गए—।' ठाकुर ने कहा—'मगर कहीं न मिला वह। न जाने कहां चला गया?'

'तुम्हीं ने सब कुछ किया है, ठाकुर तुम्हीं ने।'

'मैंने? मैंने क्या किया? जो कुछ हुआ, इस बेईमान भीखम चौधरी और उसकी छोकरी घटा के कारण—।'

'भीखम का इसमें क्या कसूर था?'

'वह बेईमान सब-कुछ जानता था। मेरी मूंछें नीची करना चाहता था, ठाकुर घराने की मर्यादा पर दाग लगाना चाहता था—।' ठाकुर ने दांत पीस लिये—'देख लेना तुम। आलोक गया तो गया, वह भी इस गांव से जाएगा। बरबाद न कर दिया उसे तो असल ठाकुर नहीं।'

तेजी से ठाकुर बैठक में आए। देखा, वैदराज उपस्थित हैं।

'हो चुका वैदराज। सत्यानाश हो चुका। इस आलोक ने मुझे कहीं का न रखा।' ठाकुर व्यग्रतापूर्वक बोले।

‘वैदराज ने देखा—ठाकुर का चेहरा पीला पड़ गया है, आंखों से करुणा मिश्रित क्रोध झांक रहा है। बोले—‘धैर्य रखो ठाकुर!’

‘धैर्य रखूं?’ सूखी हंसी हंसे ठाकुर—‘कल से मुझे ऐसा मालूम हो रहा है, जैसे मैं मुर्दा हो गया हूं, जैसे मेरे शरीर में जान ही नहीं रह गई है, जैसे सारी शक्ति क्षीण हो गई है, अब तो खड़े होने से पैर भी कांपते हैं, वैदराज!’

‘सुना है कल से आपने एक दाना भी मुंह में नहीं रखा है?’

‘दाना-पानी कुछ भी अच्छा नहीं लगता। जिसने मेरी प्रतिष्ठा पर धूल उछालने का प्रयत्न किया है, उसको मैं दर-दर का भिखारी बना दूंगा वैदराज! तुम देखते रहना।’ ठाकुर गद्दी पर बैठ गए।

भीखम चौधरी पर उनका क्रोध चरम सीमा तक पहुंच गया था। उनका अनुमान था कि उसी ने अपनी बेटी को छोटे ठाकुर के पीछे लगाकर उनकी प्रतिष्ठा से खिलवाड़ किया है।

‘भीखम चौधरी को अभी बुलाओ---अभी।’ ठाकुर ने कारिन्दा को आज्ञा दी।

ठकुराइन, ठाकुर, वैदराज, शास्त्री जी तथा जैकरन को छोड़कर और किसी को भी असली कारण नहीं मालूम था। हां छोटे ठाकुर के गायब होने की खबर चारों और फैल गई थी। जैकरन को बहुत दुख हुआ। सारे अनर्थों की जड़ वह ही है, ऐसे वह समझने लगा। यदि वह यह न सूचित करता कि छोटे ठाकुर घटा के साथ तालाब के किनारे हैं तो क्यों इतना अनर्थ होता? वह भी कितना कृतघ्न है कि जिस ठाकुर ने उसकी लगान माफ कर दी थी, उन्हीं की शिकायत की।

ठाकुर की आज्ञा की देर थी। भीखम तुरंत आ उपस्थित हुआ। उसने ठाकुर की जुहार की। ठाकुर ने कुछ उत्तर नहीं दिया।

‘वैदराज और भीखम को छोड़कर सब लोग बाहर जाओ।’ ठाकुर ने आज्ञा दी।

सब लोग बाहर चले गए।

‘भीखम चौधरी!’ पुकारा ठाकुर ने।

भीखम को लगा, जैसे ठाकुर के स्वर में निहित अग्नि की भयंकर ज्वाला शीघ्र ही प्रकट होकर उसे भस्म कर देगी। भयभीत स्वर में वह बोला—‘हुक्म बड़े सरकार!’

‘छोटे ठाकुर कल दोपहर से गायब हैं...।’

‘मालूम है, ठाकुर! बड़ा दुख हुआ सुनकर।’

‘दुख हुआ? क्यों किसलिए...?’—गरज पड़े ठाकुर—‘तुम्हारी इच्छा तो पूरी हो गई न? ठाकुर घराने की मर्यादा तो तुमने लूट ली।’

‘यह आप क्या कहते हैं बड़े राजा?’

‘जैसे तुम्हें मालूम ही नहीं, कि मैं क्या कह रहा हूं, मेरे कहने का मतलब यह है कि, छोटे ठाकुर घर से रूठकर क्यों चले गए?’

'मुझे कुछ नहीं मालूम सरकार! मुझे कुछ नहीं मालूम।'

'तुमने और तुम्हारी जवान बेटी ने मुझे बरबाद कर डाला। छोटे ठाकुर को खूब फांसा तुम लोगों ने। झूठ नहीं कह रहा हूं। गांव के तीन आदमियों ने तालाब के किनारे यह घटना देखी और मुझे भिखमंगे की तरह उनके पैर छूकर अपनी इज्जत की भीख मांगनी पड़ीं, इसलिए आलोक रूठकर घर से चला गया... और यह सब हुआ है—तुम लोगों के कारण।'

'नहीं बड़े राजा।' बिलख कर बोला भीखम—'ऐसी तोहमत (अपराध) न लगाओ, सरकार!'

'मैं जानता हूं, छोटे ठाकुर कहीं गए नहीं हैं—या तो तुम्हारे घर में छिपे हैं या तुमने उन्हें कहीं छिपा रखा है।'

'दुहाई हो ठाकुर की।' भीखम ने ठाकुर के पर पकड़ लिए। ठाकुर ने उसे निर्दयतापूर्वक ढकेल दिया।

'ठाकुर का क्रोध तुम जानते हो, भीखम। आलोक को जैसे भी हो, मेरे पास हाजिर करो, वर्ना मैं तुमको तबाह कर दूंगा।'

'कहां से हाजिर करूं राजा? किधर जाकर खोजूं उन्हें?'

'बेईमान कहीं का।' तड़पकर उठ खड़े हुए ठाकुर—'बहाना करता है।'

चट-चट कई तमाचे भीखम के गाल पर ठाकुर ने जड़ दिए।

'सम्पत!' चिल्लाकर पुकारा ठाकुर ने।

लठैत दौड़े हुए आए।

'ले जाओ इस हरामखोर को!' ठाकुर ने आज्ञा दी—'हड्डी पसली तोड़ डालो इसकी, मारते-मारते बेदम कर दो।'

'दुहाई बड़े ठाकुर की! दुहाई वैदराज की—।' अर्तनाद कर पड़ा भीखम।

वैदराज चुप रहे। ठाकुर की इस भंगिमा देखकर उन्हें कुछ कहने का साहस न हुआ।

लठैत भी भीखम को दूसरे कमरे में घसीट ले गए। वहां उस गरीब कृषक पर लात, घूंसे और लाठियां पड़ने लगीं। भयानक आर्तनाद से हवेली गूंज उठी।

'और जोरों से—।' चिल्लाए ठाकुर!

वैदराज को ऐसा लगा, जैसे कोई निशाचर उनके सामने खड़ा होकर आदेश दे रहा हो।

भीखम के करुण चीत्कार को सुनकर वैदराज का कलेजा दहल उठा, पर उस दानव को दया नहीं आई। थोड़ी देर बाद ही चीत्कार एकदम बंद हो गईं शायद चेतनाहीन हो गया था वह बेचारा, फिर भी उस पर लात घूंसे पड़ते ही रहे।

'बस करो...अब निकालकर बाहर कर दो।' ठाकुर ने आज्ञा दी।

चेतनाहीन भीखम का शरीर घसीटकर हवेली के बाहर कर दिया गया। उस देहाती वातावरण में मानों कोई नियम या कानून था ही नहीं। बड़े ठाकुर को रोकने वाला कौन था? वह तो उस क्षेत्र के राजा थे।

बड़े ठाकुर का क्रोध अब भी शांत नहीं हुआ था। वैदराज ने उस समय चले जाना ही उचित समझा। धीरे से उठकर बाहर आए। पगडंडी पर ही भीखम पड़ा कराह रहा था। जगह-जगह से लहू टपक रहा था। वैदराज ने दांत पीसे और उसे धीरे से उठाकर खड़ा किया। सहारा देते हुए चलने लगे। भीखम की चेतना लौट आई थी।

घटा अपनी झोंपड़ी में ही थी। अपने काका को ऐसी अवस्था में वैदराज के साथ आते देखकर वह सन्न रह गई। उसने झटपट खाट बिछाकर उस पर कवरी बिछा दी। वैदराज ने भीखम को उस पर लिटा दिया और घटा को सब बातें बता दीं, परंतु उसके मार खाने का कारण नहीं बताया। घटा ने बहुत पूछा, परंतु वैदराज और भीखम दोनों चुप रहे।

वैदराज ने अपने घर से दवा मंगवाकर, भीखम के तमाम बदन पर उसका लेप कर दिया। भीखम को प्रबल ज्वर हो आया था। बेचैनी से करवटें बदल रहा था। बेचारी घटा सिसक-सिसक कर रो रही थी। अपने काका के मार खाने का कोई भी कारण उसकी समझ में नहीं आ रहा था।

अभी आज प्रातःकाल ही, जब उसने सुना कि छोटे ठाकुर घर छोड़कर न जाने कहां चले गए, तो उसके हृदय पर गहरी चोट लगी थी। अब तक वह रोती ही रही थी, छोटे ठाकुर की सलोनी मूर्ति ने उसके प्रेम-संसार में भयानक बवंडर की सृष्टि कर दी थी।

आलोक और घटा—दोनों प्रेम-मार्ग के अनुभवहीन पथिक थे। उन्हें अपनी परिस्थितियों का तनिक भी ध्यान न आया! दोनों ने प्रेम बन्ध बनकर हृदय का आदान-प्रदान किया था। यह न सोचा था कि देहाती समाज में इस प्रकार का कार्य कितना घृणित समझा जाता है, यह न सोचा था कि ठाकुर और काछी का प्रणय-सम्बन्ध अन्यायी समाज कैसे स्वीकार करेगा?

भीखम घटा पर तनिक भी क्रोधित नहीं हुआ। घटा उसकी एकमात्र कन्या थी। घटा के सुख में ही उसका सुख था। वह जानता था कि जवानी की आंधी सभी को उड़ा ले जाती है। जवानी के दिन तूफान होते हैं।

उसी दिन शाम को—

कम्बल ओढ़े हुए तथा जूड़ी से थर-थर कांपते हुए उस लम्बी-दाढ़ी वाले, विचित्र रोगी ने वैदराज के यहां पुनः पदार्पण किया। अन्दर से किवाड़ बंद करके वैदराज उसके पास आकर बैठ गए।

'क्या हाल है रे राज?'

'अच्छा है, मामा!' राजा बोला—'परंतु छोटे ठाकुर के चले जाने की खबर मुझे मिली है, क्या यह बात सच है?'

'सच है बेटे, छोटे ठाकुर सचमुच चले गए हैं।'

'आखिर क्यों?' पूछा राज ने।

एक बार तो वैदराज के मन में आया कि वह सारा भेद राज से कह दे और यह क्रांतिकारी राज उनकी हेकड़ी उनकी शेखी मिट्टी में मिला दे, पर दूसरे ही क्षण कुछ सोचकर केवल इतना ही कहा—'शायद बड़े ठाकुर ने कुछ कहां-सुना होगा।'

'तो शहर जाकर मैं उसकी खोज करूं?' राज बोला।

'ऐसा दुःस्साहस मत करना। यदि किसी ने पहचान लिया तो परिणाम भयंकर होगा। मैं छोटे ठाकुर की स्वयं खोज करूंगा।' वैदराज बोले।

राज उठ खड़ा हुआ। पुनः उसी तरह रोगी के वेश में कांपते हुए, पगडंडी पर से जाते-जाते शून्य में अदृश्य हो गया।

# बीस

आलोक भावुक था। वह पिता का दुर्व्यवहार सहन न कर सका। उसके हृदय में संकल्प की दृढ़ता थी, दृढ़ता के साथ-साथ अटल निश्चय था। इन सबके रहते हुए भी वह अपने में एक प्रकार की शून्यता का अनुभव कर रहा था।

हवेली से निकलकर वह सीधे मिर्जापुर शहर की ओर चल पड़ा। शहर वहां से चौदह मील पश्चिम की ओर था। वह रास्ता बीहड़ पहाड़ी था, परंतु दृढ़ प्रतिज्ञ आलोक ने सारा रास्ता पैदल ही तय किया। रात दस बजते-बजते वह शहर पहुंच गया।

शहर में आकर उसके सामने यह समस्या उपस्थित हुई कि रात्रि कहां व्यतीत करे। उसने जेब टटोली तो मालूम हुआ कि बीस रुपए उसकी जेब में है। इन रुपयों पर ही उसका भविष्य निर्भर था। वह उन्हें व्यर्थ में क्यों खर्च करता। लाचार वह स्टेशन की ओर बढ़ा। वेटिंग रूम में आकर एक बैंच पर लेट गया।

रात भर वह जागता रहा और सोचता रहा—सोचता रहा और जागता रहा। प्रातःकाल हुआ तो उसके नेत्र लाल थे। हृदय में उथल-पुथल थी। अब तक यह एक निश्चित न कर सका था कि उसे क्या करना चाहिए।

बनारस में उसके कुछ रिश्तेदार थे। टिकट लेकर वह बनारस रवाना हो गया। कई दिन तक बनारस में घूमता-फिरता रहा, परंतु वहां भी उसका मन न लग सका। एक दिन सन्ध्या को वह अकस्मात लखनऊ के लिए रवाना हो गया और अगले दिन सुबह वह लखनऊ पहुंच गया।

'कहां जाओगे बाबू?' इक्के वाले ने पूछा।

'फौज में भर्ती के दफ्तर—।' अनायास ही उसके मुंह से निकल गया, यद्यपि उसकी हार्दिक इच्छा फौज में भर्ती होने की न थी।

आधे घंटे में ही वह भर्ती के दफ्तर के सामने था। एक दलाल उसका हाथ पकड़कर उसे अन्दर ले गया।

'कौन से विभाग में आप प्रवेश पाना चाहते हैं?' उसने पूछा।

'एयरफोर्स में।' आलोक ने कहा।

अब तक उसने फौज में भर्ती होने का दृढ़ निश्चय कर लिया था। लड़ाई जोरों पर थी। भर्ती धुंआधार हो रही थी।

आलोक को अफसर के सामने पेश किया गया। एक मामूली-सी परीक्षा के पश्चात, मेडिकल परीक्षा हुई। उसके अंग-प्रत्यंग की जांच की गई।

मेडिकल ऑफिसर ने उसे फिट बताया।

वह उसी दिन, 'इंडियन एयर फोर्स' में 'जनरल ड्यूटीज क्लर्क' के पद पर भर्ती कर लिया गया।

उसे ट्रेनिंग करने के लिए लाहौर भेजा गया। उसके साथ गोण्डा के कुछ और भी नवयुवक थे। लाहौर में उसे ड्रिल एवं परेड आदि की शिक्षा दी जाने लगी थी। लाहौर में बाल्टन नामक स्थान पर इण्डियन एयर फोर्स का कैम्प था। गर्मी के दिन थे। लाहौर की गर्मी आलोक के लिए एक समस्या बन गई थी।

लाहौर आने पर उसे कम्बल, मेस-टिन, मग, प्लेट, छुरी-कांटा चम्मच और पहनने के लिए फौजी पोशाकें आदि मिलीं। यहां जाकर, फिर मेडिकल परीक्षा हुई, टेस्ट हुआ और तब अन्तिम रूप से यह निश्चित हुआ कि आलोक के लिए 'जनरल ड्यूटीज क्लर्क' की ट्रेनिंग उपयुक्त होगी।

आलोक सैनिक संसार में पहुंच गया। वहां की कड़ी पाबन्दी तथा नियम देखकर उसे पछतावा होने लगा कि वह कहां से यहां आकर फंस गया? उसे घर की याद सताने लगी। भागने की बात सोचने लगा वह, मगर भागना असम्भव था।

घटा की याद उसे बहुत सताती थी। कभी-कभी अकेले में वह बैठकर खूब रोता, ताकि हृदय का आवेग कुछ कम हो जाए। लाहौर के कैम्प के पास पानी का बहुत अभाव था।

कैम्प में उस समय बीस हजार के लगभग रंगरूट आ गए थे, इसलिए खाने-पीने का भी इंतजाम ठीक न था। घंटों तक लाइन में खड़ा रहना पड़ता था और इसके बाद जो कुछ मिलता था, वह उसे अच्छा नहीं लगता था।

शिक्षक ज्यादातर अंग्रेज थे, जो अभी-अभी विलायत से आए थे। उनकी अंग्रेजी को समझ लेना आसान बात नहीं थी।

पहले-पहल जब सारजेण्ट डेनियल ने आलोक का नम्बर लेकर पुकारा—'टू-टू-टू-श्री नाइन' तो आलोक समझ ही न सका कि यह उसका नम्बर है। 22239, परंतु दो-चार दिन में ही वह सब कुछ समझने लग गया।

उसे यहां तनिक भी अच्छा नहीं लग रहा था। उसने विचार किया कि वह एक पत्र घर पर लिख दे, परंतु, फिर तुरंत विचार बदल गया। घर पर किसे मालूम था कि आलोक सेना में भर्ती हो गया है।

धीरे-धीरे उसके कुछ मित्र बन गए जिससे वह कुछ खुश रहने लगा। सत्यनारायण, दीनानाथ उपाध्याय, किशोरी लाल, लूथर और नागराज। राव। उसके प्रिय मित्र थे। आज कल उसे विकट खांसी आने लगी थी। रात-रात भर उसे नींद नहीं आती थी।

एक दिन 1200 कर्मचारियों और इतने ही सैनिकों को लेकर एक स्पेशल ट्रेन बेंगलोर को रवाना हुई। आलोक भी इसी टोली में था। दो दिन ट्रेन पर लगे। तीसरे दिन वह टोली बेंगलोर

पहुंच गई। यहां भी अंग्रेज शिक्षक थे, परंतु इनका व्यवहार अत्यंत नम्र था। यहां की जलवायु बहुत अच्छी थी, जिससे उसकी खांसी दिन-पर-दिन कम होती गई।

यहां उसे ड्रिल की शिक्षा दी जाने लगी। मिस्टर आरकिन्स उसके शिक्षक थे। लगभग तीस आदमी उनके शिक्षण में थे। वे एक अत्यंत ही नम्र स्वभाव के स्काटलैंड के निवासी अंग्रेज थे। पांच हफ्ते आलोक बेंगलोर में रहा और उसे कोई असुविधा नहीं हुई। अब उसका मन सैनिक जीवन में अभ्यस्त होता जा रहा था। पहले जो कार्य उसे असुविधाजनक मालूम पड़ते थे, अब वहीं सुविधाजनक मालूम पड़ने लगे। खांसी भी छाती पर अमृतान्जन मलने से कम हो चली थी। उसे घर की याद अब नहीं आती थी। नये मित्रों के बीच वह धीरे-धीरे बाह्य दुनिया को भूलता जा रहा था। बंगलौर में उसे ड्रिल और रायफल-परेड की पूरी शिक्षा दी गई।

पांच हफ्ते बाद उसे सिकन्दराबाद भेज दिया गया। यहां उसकी फाइनल ट्रेनिंग शुरू हुई। शिक्षक थे सार्जेन्ट माइल्स। वे बड़े तीव्र स्वभाव के अंग्रेज थे, परंतु उदार भी थे।

सिकन्दराबाद में आने पर आलोक की खांसी एकदम अच्छी हो गई। अब वह मिलिट्री सर्विस में एक प्रकार का आनन्द-सा अनुभव करने लगा। प्रातःकाल उठने पर नित्यक्रिया से निवृत हो वह शेविंग करता, जूते पर पालिश करता और फौजी वस्त्र धारण कर परेड पर चला जाता। यह उसका प्रतिदिन का कार्यक्रम था।

धीरे-धीरे ग्यारह हफ्ते सिकन्दराबाद में व्यतीत हुए। एक पहाड़ की तराई में किसी नवाब का 'हरमनुमा' महल था। उसी में सब रहते थे। अब आलोक की ट्रेनिंग खत्म हो चुकी थी, अतः अब उसकी नियुक्ति बम्बई में हुई। उसके अभिन्न साथी छूट रहे थे...नये साथी मधुकर पाण्डे, जेम्स एन्थनी, परोरा अब्दुल गनी, इकबाल अहमद, जगन्नाथ मुखर्जी, अतुलचन्द्र दास, हरि सिंह, मोहनलाल जायसवाल तथा गोविन्द चन्द्र मिश्र साथ जा रहे थे।

एक दिन बम्बई मेल इन दसों युवकों को लेकर बम्बई की विशाल नगरी में जा पहुंची।

# इक्कीस

वैदराज से क्रांतिकारी राज आज पुनः मिलकर हाल-चाल लेने आया था। वे दोनों बंद कमरे में बैठे बातें कर रहे थे।

वैदराज बोले—'अभी शनिचर की बात है। ठाकुर ने क्रोध में आकर बेचारे निरपराध भीखम चौधरी को खूब पिटवाया था। सारा बदन सूज आया है बेचारे का। चारपाई से उठ भी नहीं सकता।'

'बड़ा अत्याचार हो रहा है तब तो मामा! राज दांत पीसते हुए बोला—'इसको बंद करना पड़ेगा।'

इस समय वह लम्बी दाढ़ी वाले विचित्र रोगी की वेषभूषा में था। बेचारे राज को क्या पता था कि भीखम ही उसकी प्रेयसी का पिता है।

'कुछ हो नहीं सकता राज!' वैदराज बोले—'किसकी मजाल है कि ठाकुर के सामने सिर उठा सके।'

'सभी को आपने नामर्द समझ रखा है, मामा? अन्याय की भी सीमा होती है और सहनशक्ति की भी।'

'होती है, ठीक कहते हो, मगर उग्र न होकर शांति से काम लेना मैं समयानुकूल समझता हूं।'

सहसा दरवाजे के बाहर खिड़की बजने का स्वर सुनाई पड़ा। देखा, बड़े ठाकुर का हाथी दरवाजे पर खड़ा है। ठाकुर हाथी से उतरकर धीरे से कमरे में आ गए। वैदराज ने जुहार की और गद्दी पर बैठने का उन्हें संकेत किया।

राज ने रोगियों की-सी अवस्था बना ली थी। बदन पर कंबल लपेट लिया था। बदन इस तरह कांप रहा था, जैसे जूड़ी चढ़ी हो, या जैसे लकवा मार गया हो।

बड़े ठाकुर ने ध्यानपूर्वक उस मूंछ-दाढ़ी युक्त रोगी की ओर देखा।

ठाकुर का चेहरा अत्यंत गंभीर था।

'बाहर जाओ तुम?' अत्यंत रुखाई से ठाकुर ने उस रोगी को आज्ञा दी।

रोगी चुपचाप बैठा रहा, जैसे उसने कुछ सुना ही न हो। उसके शरीर का कम्पन पूर्ववत था।

'मैं कहता हूं, बाहर जाओ! बहरे हो, सुनते नहीं!' गरजे ठाकुर!

'वह गूंगा और बहरा दोनों है, ठाकुर! तबीयत भी उसकी बहुत खराब है। कोई हर्ज नहीं, उसे रहने दो।' वैदराज ने कहा।

'वैदराज—!' ठाकुर बोले—'आलोक का पता नहीं लग सका है अभी तक। ठाकुर घराने की प्रतिष्ठा नष्ट की तो की, पर वह चला क्यों गया? मैंने उसे जाने के लिए तो नहीं कहां था।'

'आलोक का कसूर कोई बहुत बड़ा नहीं था, बड़े ठाकुर!'

'क्या कहते हो, वैदराज! कहते क्या हो तुम!'

वैदराज ने उस रोगी को बाहर जाने का संकेत किया। जो रोगी ठाकुर के कहने पर स्थिर बैठा रहा, वह वैदराज के एक इशारे पर तुरंत चला गया।

'जवानी में सभी इस प्रकार की भूल कर बैठते हैं, ठाकुर!' वैदराज ने कहा—'आलोक को आप अपना नहीं पराया समझते थे, तभी आपने उसे इतना कड़ा दण्ड दिया। दुनिया का कोई भी व्यक्ति इस उम्र में पहुंचकर यह नहीं कह सकता कि वह दूध का धोया है। खुद आपने भी वैसी ही गलती की होगी। जवानी के दिन बेहोशी के दिन होते हैं, बड़े ठाकुर!'

'चुप रहो, वैदराज! बहकी बातें मैं सुनने का आदी नहीं।'

जोरों से हंस पड़े वैदराज—'सुनो ठाकुर...! आज एक जमाने से जिस भेद को छिपाता आ रहा हूं, उसे कान खोलकर सुन लो। आप तो जानते ही हैं कि आलोक चमार का बेटा है न?'

'इसमें कोई शक है क्या, वैदराज?'

'हां, है शक! आलोक चमारिन के गर्भ से जरूर पैदा हुआ है, मगर वह चाकर का बेटा नहीं हो सकता—नहीं हो सकता, बड़े ठाकुर! चमारों के लड़के मैले-कुचैले, काले-कलूटे होते हैं। ऐसा नहीं कि जैसा आलोक है।'

'फिर भी क्या तुम इस बात को निश्चयपूर्वक कह सकते हो कि आलोक चमार का बेटा नहीं है?' प्रश्न किया ठाकुर ने।

'हां, मैं दावे के साथ कह सकता हूं। आलोक लाखन चमार का बेटा नहीं हो सकता, लाखन तो आजन्म नपुंसक रहा। वह जन्म से नपुंसक था।

'नपुंसक?'

'हां, मैं स्वयं उसकी दबा किया करता था—'वैदराज निश्चयात्मक स्वर में बोले—'पहले-पहल जब मैंने लाखन के मुंह से उसकी स्त्री के गर्भवती होने की खबर सुनी तो मुझे बहुत आश्चर्य हुआ। खुद लाखन भी आश्चर्य-चकित था कि उसमें प्रजनन शक्ति के न होते हुए भी, उसकी स्त्री गर्भवती कैसे हो गई? उसने मुझे बताया कि उसे अपनी स्त्री के चरित्र पर सन्देह है। मैंने उसे चुप रहने की चेतावनी दी। दिन बीतते गए।

एक दिन आधी रात को लाखन ने आकर मुझे सूचना दी कि उसकी स्त्री प्रसव पीड़ा से छटपटा रही है। मैं तुरंत उसे देखने गया। उसकी स्त्री पीड़ा से चिल्ला रही थी। उसकी आंखों में पाप की स्पष्ट छाया विद्यमान थी। मैंने दवा दी। उसका पाप, आकर्षण और सुंदर रूप धारण

कर इस संसार में आया, एक बालक के रूप में करुण क्रन्दन करता हुआ। मैं आश्चर्यचकित था, उस शिशु का गोरा बदन और लुभावना स्वरूप देखकर।

प्रसव के बाद से ही उसकी दशा खराब होती गई। बच्चे के पैदा होने के आठ घंटे बाद, जब उसे विश्वास हो गया कि अब वह नहीं बचेगी तो उसने मुझे और लाखन को अपने पास बुलाया। पश्चाताप-मिश्रित करुणस्वर में हम दोनों को ही उसने अपनी दर्दनाक कहानी कह सुनाई। उसने जो पाप किया था, उस पाप के लिए उसके हृदय में दारुण पश्चाताप था। पर पाप-कर्म में उसका कोई अपराध नहीं था। अपराध था उस नराधम का, जिसने उस पर बलात्कार किया था और जो अब भी समाज का कर्णधार बनकर स्वच्छन्दतापूर्वक जीवन बिता रहा है।

उसने अपनी पाप कथा बताकर सदा के लिए आंखें मूंद लीं, परंतु मृत्यु के पूर्व उसने मुझसे वचन ले लिया था कि मैं उस पुरुष से अवश्य बदला लूं, जिसने उसका धर्म लूटकर उसकी दीन-दुनिया उजाड़ दी थी। सुनना चाहते हो कि वह कौन दुराचारी था...।'

'चुप रहो, चुप रहो वैदराज!' कांपकर ठाकुर ने अपने नेत्र बंद कर लिए।

वैदराज ने आगे बढ़कर उनके कंधे पर हाथ रख दिया और व्यंग्यात्मक स्वर में बोले— 'घबरा गए, बड़े ठाकुर!'

ठाकुर उठ खड़े हुए और बहुत ही नम्र बनकर बोले—'देखो वैदराज! जो हुआ, सो हुआ। उस घटना को भूल जाने में ही दोनों का हित है।', फिर बात बदलते हुए बोले—'सुनने में आया है कि आजकल भीखम की देखभाल तुम कर रहे हो।'

'गरीब आदमी है, इसलिए करता हूं। आपने ठीक ही सुना है, बड़े ठाकुर!

'पर मुझे यह पसंद नहीं।' ठाकुर की भंगिमा एकाएक कठोर हो गई—' अब अगर तुमने उनकी मदद की, तो ठीक नहीं होगा, वैदराज!'

वैदराज ने ठाकुर की आंखों में देखा। उसमें जैसे खून उतर आया था, परंतु वैदराज पर इसका कोई असर नहीं हुआ। घृणा से उन्होंने आंखें फेर लीं।

ठाकुर ने इस घृणा को लक्ष्य किया और पैर पटकते हुए बाहर चले गए।

राज अब तक बाहर बैठा था। वह इस वार्तालाप का एक अंश भी न सुन सका था, यद्यपि वह सुनने को बहुत इच्छुक था। बड़े ठाकुर के चले जाने पर वह अंदर आया। देखा? वैदराज गम्भीर बने कुछ सोचते हुए बैठे हैं।

'क्या बात हुई वैदराज मामा—?' बोला राज—'बहुत गम्भीर हो रहे हैं आप?'

'कुछ पूछो मत राज! इस जमींदार का गिरगिट जैसा रंग बदलता देखकर विद्रोह करने और अक्ल ठिकाने कर देने को जी चाहता है, जी चाहता है कि सारी प्रजा को भड़का कर उसकी हवेली घेर लूं और हवेली की एक-एक ईंट उखाड़कर उस नर-पिशाच के सिर पर दे मारूं!' वैदराज उत्तेजित वाणी में बोले।

'आज तो तुम अपना सारा धैर्य खो बैठे हो, मामा!'

'धैर्य की भी सीमा होती है, राज! मैं देख रहा हूं कि अब कुछ ही दिनों में मेरे धैर्य का बांध टूट जाएगा...।' वैदराज ने कहा—'अब तक उसके हजारों अत्याचार मैंने देखे—गरीबों पर जुल्म ढाते हुए किसानों की चमड़ी उधेड़ते हुए, लूटपाट मचाते हुए, सब अपनी इन्हीं आंखों से देखा है। अब न देख सकूंगा। खुद मेरे बेटे की भी जान इसी निर्दयी ठाकुर के कारण गई। आज कहकर गया है कि अगर मैंने भीखम की दवा-दारू की, तो ठीक नहीं होगा।'

'जाने दो मामा! बड़े आदमियों से उलझना ठीक नहीं।' सावधान किया राज ने।

राज ने वैदराज को तो मना अवश्य किया, परंतु इसके हृदय में स्वयं ठाकुर के प्रति ऐसी घृणा का उदय हुआ कि जैसी कभी न हुई थी। उसके क्रांतिकारी हृदय में क्रांति की दबी आग एकाएक पुनः भड़क उठी। मामा के मुख से गरीबों की दुर्दशा का वर्णन सुनकर उसका रक्त खौल उठा। वह धीरे से उठा और बिना कुछ कहे चला गया।

वैदराज उसी स्थान पर सोचते हुए बैठे रहे। दिन की उज्ज्वलता ने क्रमशः! संध्या की कालिमा का रूप धारण कर लिया। वैदराज उठे मिर्जई बदन पर कसी, दुपट्टा कंधे पर रखा, फिर भीखम के घर की ओर बढ़ चले।

भीखम की हालत अभी तक अच्छी न थी, यद्यपि वैदराज की दवा से क्रमशः सुधार हो रहा था। आंखों में आंसुओं का अगम-सागर लिए घटा भीखम के पायताने बैठी थी। वैदराज आए जो वह वहां से हट गई।

'कैसी तबीयत है, भीखम चौधरी—?' पूछा वैदराज ने।

'अच्छी है वैदराज! आपका हाथ लगा है तो ठीक हो ही जाऊंगा—।' भीखम बोला—'आज तो बड़े ठाकुर इधर आए थे।'

'क्या तुम्हारे पास भी आए थे?' वैदराज ने पूछा।

'हां, वैदराज!' कहते थे कि मैंने अक्षम्य अपराध किया है, धमकी दे गए हैं मुझे तबाह करने की।'

'हूं—!' वैदराज की यह हुंकार बहुत ही अर्थमय थी।

वे चुपचाप दबा की पुड़िया खोलने लगे।

दवा भीखम को खिलाकर बोले—'एक बात पूछूं भीखम चौधरी?'

'पूछो वैदराज!'

'सच-सच बताओगे?'

'आज तक मैं कभी झूठ नहीं बोला हूं, आपके सामने सच न बोलूं इसका कोई कारण नहीं, वैदराज?' भीखम बोला।

'बड़े ठाकुर के पास, सुनता हूं, तुम्हारे कुछ रुपए जमा हैं!' सच्चाई की पुष्टि के लिए वैदराज ने बात मुंह से निकाल ही दी।

भीखम चीख पड़ा—'तुम्हें कैसे मालूम हुआ, वैदराज?'

'सजग कानों से कभी कोई बात छिपी नहीं रहती, भीखम। 'वैदराज बोले—'क्या यह सच है?'

'सच है—।' भीखम धीरे से बोला—'एक हजार हैं, वैदराज!'

'कल सवेरे जाकर तुम अपना रुपया मांग लाओ!'

'मांग लूंगा वैदराज! जल्दी क्या है? वे बड़े राजा हैं, हमारा एक हजार मार लेंगे तो मैं गरीब नहीं हो जाऊंगा। अभी तो मैं चल -फिर भी नहीं सकता हवेली तक जाने की कौन कहे!'

'आगा-पीछा न करो, चौधरी! कल सवेरे डोली पर चले जाना और ठाकुर से अपने रुपए मांगना, मैं कहारों को आज ही सहेज दूंगा।'

'जैसा कहोगे वैदराज, वैसा ही करूंगा।' भीखम ने शिथिल वाणी में कहा।

वैदराज उठ खड़े हुए। बाहर आकर जूते पहने और चल दिए। कुछ दूर जाने पर उन्होंने देखा कि एक निर्जन पेड़ के नीचे खड़ी होकर घटा सिसक रही है। उन्हें देखते ही वह पास चली आई।

'बड़ी गलती हो गई मुझसे वैदराज मामा!' बोली वह।

'गलती!' वैदराज आत्मीयता के स्वर में बोले—'गलती तो सभी से होती है बिटिया! मैं भी क्या करता—। रामरक्षा पंडित और जैकरन ने तुम्हें पहले ही छोटे ठाकुर के साथ देख लिया था। मैं लाचार हो गया। वैसे कई दिन पहले ही मैंने तुम दोनों को सांझ के समय तालाब पर देखा था, मगर किसी से कुछ नहीं कहा। हां, छोटे ठाकुर को अवश्य सावधान कर दिया था।'

'काका के सामने मैं बड़ी अपराधी हूं, मामा—।' घटा दीन वाणी में बोली—'मेरे ही लिए उन्हें मार खानी पड़ीं है।'

'तुमने कोई पाप नहीं किया है, बिटिया! तुमने प्रेम किया है, प्रेम कोई बुरा कर्म नहीं। दुनिया में ऐसे भी लोग हैं, जिन्होंने प्रेम कभी नहीं किया और सब बुरे काम करते रहे, पाप की गंदगी में डूबे रहे, मगर आज शान से समाज में अपना सिर ऊपर उठाए चल-फिर रहे हैं। वे ही समाज के कर्णधार बने हैं। न्यायप्रिय न्यायाधीश बनने का ढोंग रचते हैं, ये लुच्चे।' अंतिम बात उन्होंने दांत पीसकर कही थी।

वैदराज चले गए। घटा अपने घर की ओर लौटी। रास्ते में उसने एक विचित्र आदमी को देखा, जो रास्ते में खड़ा उसे घूर रहा था। लम्बी-लम्बी दाढ़ी थी, शरीर पर कम्बल लिपटा हुआ था, हाथ-पैर कांप रहे थे जैसे लकवा मार गया हो।

सिहरकर घटा ने अपनी दृष्टि हटा ली और जल्दी-जल्दी पैर बढ़ाती हुई चली गई।

चार कहार एक डोली लिए हुए ठाकुर की हवेली पर आ रुके भीखम कराहता हुआ लाठी के सहारे नीचे उतरा और ठाकुर की बैठक की ओर बढ़ा।

ठाकुर अकेले बैठक में थे। भीखम को इतना सवेरे आया देख उनकी भौहें तन गईं!

'जुहार हो बड़े ठाकुर!' भीखम बोला।

'बड़े ठाकुर मत कहो—।' सरोष बोले ठाकुर—'सिर्फ ठाकुर कहो, अब छोटे ठाकुर के न रहने से छोटे-बड़े का सवाल ही नहीं रहा...! शरीर को आगे से झुलस कर उस पर नमक झिझकने आए हो, भीखम चौधरी! अच्छा होता कि मैं तुम्हारी हड्डी-पसली तुड़वा देता, ताकि तुम इतना भी चल-फिर न सकते।'

'सरकार मालिक हैं, राजा है। जो तब नहीं किया, अब कर सकते हैं।' विद्रूप हंसी हंसते हुए वह बोला—'मुझे अब जीने की चाह नहीं रही है।'

'किस लिए आए हो यहां?'

'जानकर भी पूछते हैं!'

'जानता हूं! मेरा रुपया देने आए हो न—?' बोले ठाकुर!

सुनकर भीखम को जैसे काठ मार गया। क्षण भर आवाक् खड़ा-खड़ा वह उनका मुंह देखता रहा, फिर सम्भलकर बोला—'आपके रुपये? आपके कैसे रुपये सरकार?'

'बकाया लगान के रुपए।'

'लगान तो मेरा चुकता है, ठाकुर! एक पैसा भी बकाया नहीं है।'

'एक पैसा भी नहीं?' गरजे ठाकुर—'तुम्हारे जैसे बेईमान से मुझे आज ही पाला पड़ा है। तुम पर मेरे दो सौ सत्तर रुपये लगान के बाकी हैं।'

जो भीखम अभी तक पत्थर-सा दृढ़ था—ईंट का जवाब पत्थर से देने की सोचकर आया था, परंतु ठाकुर की अंतिम बात सुनकर उसकी दृढ़ता बर्फ की तरह पिघल गई। नम्र होकर बोला।

'दुहाई राजा की! कारिन्दा साहब की भूल होगी यह।'

'मैंने खुद हिसाब लगाकर देख लिया है! तुम्हें यह रकम देनी ही पड़ेगी। समझे, भीखम चौधरी!' ठाकुर की आंखों में प्रतिशोध की भावना लहरा उठी थी, जिसे भीखम जैसा सरल व्यक्ति देखकर भी नहीं समझ सका।

'इतनी जबरदस्ती, ठाकुर...? खैर मेरे जमा रुपये में से दो सौ सत्तर काट लो, बाकी मुझे लौटा दो।' भीखम ने मरी जबान से कहा।

'तुम्हारे कैसे रुपये?'

'वहीं एक हजार। जिन्हें आपके पास धरोहर रख गया था। इतनी जल्दी भूल गए ठाकुर?'

'पागल हो गए हो, भीखम चौधरी!' सांप की तरह फुफकारते हुए बोले ठाकुर—'एक हजार रुपया तुमने मेरे पास कब धरोहर रखा था? खाने-पीने का तो ठिकाना नहीं लगे, एक हजार रुपये का सपना देखने।'

'दुहाई हो राजा! इतना अन्याय न करो।'

'मुझे बेईमान बनाकर दुहाई की भीख मांगते शर्म नहीं आती...।' ठाकुर का मुंह शैतान के समान भयंकर हो उठा—'अभी चले जाओ, नहीं तो...नहीं तो...मारे जूतों के...।'

'हे भगवान!' भीखम के मुंह से 'हाय' निकल पड़ीं—'हमारे एक हजार रुपयों से तुम्हारे परिवार का पेट जिंदगी भर भरता रहे—! एक जान बाकी रह गई है ठाकुर, इसे भी ले लो, ताकि, फिर मुंह कहीं न खुल जाए!'

भीखम का तीखा व्यंग्य सुनकर ठाकुर का क्रोध इतना भड़क गया कि मुंह से बोल न फूट सके।

धीरे-धीरे भीखम कम्पित शरीर लिए डोली में आकर बैठ गया। कहारों ने डोली उठाई और चलते बने। ठाकुर एकटक उधर देखते रहे। धीरे-धीरे जाती हुई डोली, उन्हें ऐसा लगा, जैसे उनकी सारी इज्जत, सारा ईमान उसके साथ चला जा रहा हो, जैसे भीखम ने उनके कलेजे पर कसकर एक लात मार दी हो, और अब उनका परिहास करता हुआ चला जा रहा है।

डोली घने वृक्षों की ओट में आकर अदृश्य हो गई। ठाकुर दीर्घ निःश्वास छोड़कर गद्दी पर बैठ गए।

बम्बई का विशाल रेलवे स्टेशन देखते ही आलोक आश्चर्यचकित हो उठा। सिकन्दराबाद से उनके प्रस्थान की सूचना यथासमय बम्बई भेज दी गई। थी अतः उन्हें लेने के लिए मिलिट्रीवैन स्टेशन पर तैयार खड़ी थी। दर्सों युवक उस पर सवार हो निश्चित स्थान पर पहुंच गये। उस दिन लोगों को छुट्टी दे दी गई, क्योंकि सफर से थककर चूर-चूर हो रहे थे वे लोग।

दोपहर का खाना खाने के बाद, दोस्तों ने सोचा कि चलकर बम्बई की सैर कर ली जाए। एक बग्घी कर, वे घूमने निकल पड़े। दोस्तों को गेट वे आफ इंडिया बहुत पसंद आया। उन्होंने समुद्र कभी नहीं देखा था। आज देखकर अत्यंत प्रफुल्लित हुए। गेट वे आफ इंडिया के सामने दाहिनी ओर ताज और प्रिंस होटल हैं, जो अपनी सुव्यवस्था के लिए दूर-दूर तक प्रसिद्ध हैं।

वह सब देखते हुए मित्रगण आगे बढ़े। एक फलांग जाने पर प्रिंस ऑफ वेल्स म्यूजियम आया। उसके अंदर इन लोगों को बहुत-सी अनोखी चीजें देखने को मिलीं। नेचुरल हिस्ट्री तथा टाटा आर्ट गैलरी आदि विभाग देखकर वे विस्मय से भर उठे। सामने दाहिनी ओर सिर कावसजी जहांगीर-पब्लिक हॉल है, जहां नित्य-प्रति एक से एक सभा हुआ करती है। हॉल के दोनों तरफ रायल इंस्टीट्यूट आफ साइंस की इमारतें हैं।

एसप्लेनेड रोड से आगे बढ़ते हुए ये लोग जनरल स्टोर्स में पहुंचे। कुछ मनपसंद वस्तुएं खरीदी गईं। इस स्टोर्स के पीछे गवर्नमेंट सिक्रेटरियट का इन्फार्मेशन ऑफिस है। सामने ही यूनिवर्सिटी की इमारत है। इसके आगे बाम्बे हाईकोर्ट है और फ़्लोरा फाउंटेन के पास ही सेंट्रल टेलीग्राफ ऑफिस है। पास ही ओरियण्टल इनश्योरेंस कम्पनी की इमारत है जिसके दाहिनी तरफ से हार्नबी रोड गई है।

हार्न वी -रोड से ये लोग आगे बढ़े। इवान्स फ्रेजर और ह्वाइटलेडला के स्टोर्स देखते हुए ये लोग बोरी बन्दर पहुंच गये। यहीं बाम्बे म्युनिसिपल कॉरपोरेशन के एडमिनिट्रेटिव का ऑफिस है। दाहिनी ओर विक्टोरिया टर्मिनस से कुछ दूर, दाहिनी तरफ जनरल पोस्ट ऑफिस है, जिसकी इमारत मुगल जमाने जैसी है।

क्रोफोर्ड साकट, जवेरी बाजार, मालाबार हिल, हैगिंग गार्डन बालकेश्वर रोड, चौपाटी आदि स्थान, घूमते-घूमते काफी रात हो गई। जब वे अपने कैम्प में लौटे, तो रास्ता भूल गये। किसी प्रकार एक बजे रात को कैम्प में पहुंच सके।

दूसरे दिन आलोक ऑफिस गया। मेज़ पर बैठा ही था कि उसकी दृष्टि अपने ठीक सामने वाली मेज़ पर गई। जी कुछ उसने देखा, उससे विस्मित होकर वह प्रस्तर-मूर्ति के समान जड़ बन गया।

उसकी अंगुलियां टाइपराइटर पर अबाध गति से नाच रही थीं। आंखें पत्र की लाइनों पर दौड़ रही थीं। ओहदा उसका सार्जेण्ट का था, आलोक से बहुत ऊंचा। वह अन्य टाइपिस्ट छोरियों की हेड थी। सोलह-सत्रह की उम्र, लम्बा छरहरा शरीर, पाउडर में पुते हुए गाल एवं पतले होंठों पर लगा हुआ लिपस्टिक-अजब था, गजब था, आलोक देखता रह गया।

उसकी अंगुलियां टाइपराइटर पर चलती रहीं।

ऑफिस में लगभग अस्सी छोकरिया और काम करती थीं।

ज्यादातर उनमें टाइपिस्ट थीं। कुछ ऐंग्लो इंडियन थी और कुछ क्रिश्चियन, मगर आलोक ने जो कुछ 'उसमें' देखा था, वह दूसरी किसी में नहीं था। बाल उसने अंग्रेजी ढंग से संवारे हुए थे। बदन पर सफेद पोशाक थी, जो उसके सार्जेण्ट होने की द्योतक थी। सिर पर पट्टीदार टेढ़ी टोपी थी, जिस पर डब्ल्यू. ए. सी. का बैंज लगा हुआ था। दोनों हाथ की बांहों पर तीन-तीन रेखाएं थीं।

'तुम गौर से क्या देख रहे हो युवक?' उसके इंचार्ज टर्मिनल ने प्रश्न किया। वहां बुड्ढा अंग्रेज बहुत देर से देख रहा था कि आलोक की आंखें सामने देख रही हैं। काम में उनका मन नहीं लग रहा है।

'ओह! कुछ नहीं...।' वह चौंक पड़ा, फिर हल्की मुस्कराहट के बीच बोला—'घर की याद आ गई थी।'

कहकर वह अपने कार्य से मशीन की तरह जुट गया।

सन्ध्या को जब ऑफिस का काम खत्म हो जाने पर वह कैम्प जा रहा था, तो उसने देखा कि 'वह' बस स्टैंड के पास खड़ी होकर बस की प्रतीक्षा कर रही है। आलोक की दृष्टि एकाएक ऊपर की ओर उठ गई। बड़े-बड़े अक्षरों में लिखा था—'कामदार लिमिटेड।' सामने नजर दौड़ाई तो देखा, यरोस सिनेमा का भव्य इमारत के सामने दर्शकों की लाइन लगी हुई है। जो जैसे-जैसे आ रहा है, वैसे-वैसे लाइन में खड़ा होता जा रहा है। टिकट-घर पर जरा भी धक्कम-धुक्का नहीं। आधुनिक सभ्यता की यह प्रणाली उसे बहुत पसंद आई।

'उसका' नाम था नीनी पिण्टो। मादक रूप था उस छोकरी का। हलाहल था उसकी आंखों में। चलने पर उसकी कमर से नजाकत टपकती थी। आलोक फौजी मस्त जीवन में घटा को भूल चुका था। बम्बई आकर पिण्टो को देखा तो उसका मन इस चंचल छोकरी पर आ गया।

कुछ दिन तक दोनों एक-दूसरे से बोलने में संकोच करते रहे, फिर अब-तब दोनों में वार्तालाप आरम्भ हुआ—और एक दिन वह आया कि आलोक ने उसके सामने सिनेमा का प्रस्ताव रख दिया।

करारी चितवन से उसे घायल करती हुई वह बोली—

'हां-हां, क्यों नहीं? आपका साथ न दूं, ऐसी गुस्ताखी कैसे कर सकती हूं मैं।'

दोनों ने उस रात एक सिनेमा देखा। वह हंसती थी, हंसकर बातें करती थी, घातक चितवन से देखती थी, फिर भी आलोक से उसे छूने का साहस नहीं होता था।

दूसरे दिन सन्ध्याकाल को दोनों पुनः घूमने निकले। चर्च गेट स्टेशन पर आकर व्हीलर की दुकान से 'फ़िल्म इंडिया' की एक कॉफी खरीदी, फिर समुद्र के किनारे मैरीन-ड्राइव पर आकर थोड़ी देर तक विश्राम किया। वहां से लौटकर, नीनी एक दुकान में अपने बाल घुंघराले करवाने लगी। आलोक बगल की दुकान का निरीक्षण करने लगा। इसके बाद एशियाटिक रेस्तरां में आकर दोनों ने खाना खाया। पुनः यरोस में जाकर खेल देखा। इसके बाद आलोक नीनी को फ़्लोरा फाउंटेन तक पहुंचाकर, अपने कैम्प वापस चला आया।

उसे लगा जैसे नीनी के भीतर की नारी को समझने में वह अभी तक असफल रहा है। वह निश्चय नहीं कर पा रहा था कि वह भी उसे चाहती है या नहीं? यद्यपि घूमने-फिरने पर जो कुछ भी खर्च हुआ था, सब नीनी ने ही किया था। जहां भी पैसे का प्रश्न आया, आलोक को उसने आगे बढ़ने नहीं दिया। आलोक मन मारकर रह जाता, चाहकर भी उसका पैसा जेब में ही रह जाता।

दूसरे दिन आलोक ने खालसा होटल में जाकर दोपहर का खाना खाया। शाम को पुनः नीनी को साथ लेकर शहर घूमने गया। आज नीनी को कुछ 'शॉपिंग' करनी थी। वह हार्नबी रोड के बाली बाल एण्ड सन्स की दुकान पर आई। वहां से उसने धूप का चश्मा खरीदा। तारा पोर वाला की दुकान से दो पुस्तकें खरीदीं। चर्च गेट स्ट्रीट आकर उन्होंने 'कामलिंग चायनीज रेस्तरां' में 'चाय सुए' की दो डिशों का डटकर नाश्ता किया। नाश्ते के पश्चात् सिनेमा में जाकर तीन घंटे और व्यतीत किए।

शो खत्म होने पर नीनी ने आलोक का हाथ पकड़कर कहा—'चलो, तुम्हें रिट्ज होटल तक पहुंचा दूं।'

आलोक चौंक पड़ा। उसने अनुभव किया कि उसका रोम-रोम पुलक उठा है। उसकी जीभ तालू से सट गई है और वह बोलने में अपने को असमर्थ पा रहा है। सिर्फ इतना ही कह सका—'चलो।'

'अल अबाद' के पास तक वह आई, फिर शेक हैंड करके लौट गईं। आलोक खीझ उठा अपने आप पर। स्वयं को कोसने लगा—नीनी ने शेक हैंड के लिए हाथ बढ़ाया था, तो उसने हाथ छोड़ क्यों दिया? क्यों नहीं खींचकर उसे वक्ष से लगा लिया...? मूर्ख है तू आलोक! एकदम गधा है...इसी तरह मन में बड़बड़ाता वह कैम्प में आ गया। आकर चारपाई पर लेट रहा।

नीनी भी अपने मन में एक विचित्र प्रकार का परिवर्तन अनुभव कर रही थी। उसे पाने के लिए कितने ही अफसर, चोटी का पसीना एड़ी तक बहा रहे थे, परंतु न जाने क्यों, वह इस साधारण पद वाले युवक की ओर आकर्षित होती जा रही थी।

आलोक पुरुष होकर आगे बढ़ने का साहस नहीं कर रहा था, तो वह कैसे साहस करती?

नीनी की अनुपस्थिति में आलोक बहुत कुछ बोलने-चालने की योजना बनाता, परंतु नीनी से साक्षात्कार होते ही उसकी योजनाएं नष्ट हो जाती और वह यन्त्र-चालित-सा उसके साथ-साथ चलता-फिरता रहता।

इसी प्रकार—धीरे-धीरे दिन सरकते जा रहे थे।

# चौबीस

भीखम अब चलने-फिरने लायक हो गया था। वैदराज को दवा तथा घटा की अनवरत सेवाओं ने भीखम को शीघ्र ही खड़ा कर दिया। अब कभी-कभी लाठी लेकर खेतों पर जाने लगा था वह।

उस दिन लाठी लिए हुए वह अपने ईख के खेत की मेंड़ पर खड़ा था। खेत को देखकर स्वयं उसे भी आश्चर्य हो रहा था कि ईख इतनी जोरदार हुई कैसे? गांव में किसी की ईख इतनी जोरदार न थी।

'राम-राम भीखम चौधरी।'

भीखम ने वैदराज की आवाज पहचान ली। उनकी ओर अभिमुख हो वह बोला— 'जैराम, वैदराज! कहो, इधर कैसे चले आए?'

'ऐसे ही घूम रहा था...।' वैदराज ने कहा—'इधर तुम्हें खड़े देखा तो चला आया। ईख तो भरपूर है तुम्हारी!'

'सब तुम्हारी दया है, वैदराज! ईख के बूते पर ही तो बड़े ठाकुर को दो सौ सत्तर रुपये देने हैं। यही एक खेत ईख का है, अभी कल ही ठाकुर का कारिन्दा आया था कहता था रुपए दो, नहीं तो बथेरिया-बिस्तर उठाकर चल दो, जगह जमीन छोड़कर।

'अच्छी जबरदस्ती है...।' बोले वैदराज—'तुम्हारे एक हजार भी डकार गए और ऊपर से यह धौंस।'

'उनका राज है, वैदराज! चाहे जो करें।' भीखम ने कहा।

दोनों बातें करते हुए आगे बढ़े।

उसी दिन आधी रात को—

सेहट गांव में भयानक कोलाहल मचा। भयानक अंधकार का वक्ष चीरकर तीव्र आग की लपटें आकाश चूमने लगीं। आग लगी, आग लगी! के शोर से आकाश गूंज उठा।

भीखम की नींद उचट गई। देखा, दक्षिण और का आकाश लाल-लाल लपटों से भर गया है। भीखम ने डंडा उठाया और चलने को उद्यत हुआ। घटा उससे पहले जाने को तैयार हो चुकी थी, बोली—'कहां जा रहे हो, काका! तुम्हारी तबीयत ठीक नहीं है।'

'जाना ही चाहिए बिटिया! गांव पर विपत्ति आई है। पता नहीं किसका खेत जल रहा है?'

'तुम बैठो काका! मैं जा रही हूं—।' घटा ने भीखम का हाथ पकड़कर चारपाई पर बैठा दिया।

उसी समय किसी के दौड़कर आने की आहट मिली। आहट के साथ ही एक किसान घबराया हुआ भीतर आकर, बोला—'स्वाहा हो रहा है सब कुछ भीखम भइया, जल्दी चलो।'



, सरकार—। दो-चार महीने और

। तुम्हारे बाप की जमीन नहीं है, वक्त पर लगान दिए जाओ। पिछले

कर वह शान्त न रहा सका। उत्तेजित

ठाकुर! लगान चुकता कर, रसीद नहीं जानता था—।'

हर फेंक दो, और झोंपड़ी उजाड़कर

का हाथ पकड़कर एक कारिन्दा उसे निकालकर बाहर फेंक दिया। शेष तीनों ने

मुख पर जो बेजान हंसी खुशी थी,

ठा ली और मूक पशु की तरह तेजी से अभागे व्यक्तियों के पास, अपना कहने ठाकुर की क्रूर दृष्टि ने उन्हें नष्ट-भ्रष्ट कर

हाथी पर जा बैठा।

का सा अभिनय करने वाला पूर्व परिचित व्यग्र आंखें उस झोंपड़ी की खोज में थीं, ज न तो वह झोंपड़ी थी और न वह सुंदरी

ओर मुड़ गया, वैदराज गेंदे की पत्तियों का देखकर वे बोले—'आओ राज, तुम्हारी

स कोने वाली झोंपड़ी क्या हुई और उसमें

अत्यंत उत्सुक हो उठा था।

'ओह! तुम भीखम चौधरी की झोंपड़ी के बारे में पूछ रहे हो है न? क्या बताऊं बेटा? इस नामाकूल जर्मींदार ने उसे कहीं का न छोड़ा।'

'तो क्या वह उसी भीखम चौधरी की झोंपड़ी थी, जिसे ठाकुर ने खूब पिटवाया था और जिसके एक रुपए भी हजम कर लिए थे?' राज अब तक यह नहीं जानता था कि उसकी प्रेयसी के पिता का ही नाम भीखम है।

'सिर्फ इतना ही नहीं किया बड़े ठाकुर ने...।' वैदराज बोले—'बल्कि कल आधी रात को उस बेचारे के खेत में आग लगा दी, सारा खेत जलकर राख हो गया।'

'निशाचर कहीं का!' क्रोध से उसने दांत पीस लिए।

उसके नेत्रों में अग्नि की भयंकर ज्वाला धधक उठी। उस अग्नि में वैदराज ने घी की आहुति दी—

बोले—'आज सुबह मैं पडरा गांव में एक रोगी देखने चला गया था! वापस लौटा, तो सुना कि ठाकुर ने भीखम की झोंपड़ी उजड़वा दी और उसे गांव से बाहर खदेड़ दिया।'

'यह ठाकुर नहीं कसाई है, शैतान है, मामा!' राज के हृदय में सालों से दबी हुई क्रांति धू-धू कर जल उठी। अपनी प्रेयसी के पिता का दर्दनाक अन्त सुन उसका रक्त खौल उठा।

'मामा!' राज की मुद्रा कठोर हो गई।

'बहुत उत्तेजित हो रहे हो, राज!' वैदराज गम्भीर स्वर में बोले—।

'मैं उस शैतान को जिंदा नहीं छोड़ूंगा, मामा!'

'तुम ऐसा नहीं कर सकते।' वैदराज हंसकर बोले—'इस ठाकुर का कुछ नहीं कर सकते। उसके सामने पड़ते ही तुम्हारे हाथ-पैर शिथिल पड़ जायेंगे।'

'राज जो कहता है, कर दिखाता है, मामा!

वैदराज के कुछ कहने से पूर्व ही राज उठकर तेजी से बाहर चला गया।



वर में उसने पूछा—'क्या स्वाहा हो रहा

रि ने उसमें आग लगा दी है।'

की लपटें उसकी आंखों के सामने नाच

भी पीछे-पीछे दौड़ी।

रह जल रहे थे, खेत भर में आग फैल गई

का प्रयत्न कर रहे थे, परंतु आग थी कि

परंतु किसी ने उसका हाथ पकड़कर पीछे

री।'

जल रहा है। मेरी हड्डियां चटख रही हैं,

पर पत्थर और खून के घूंट पीकर सन्तोष

वैदराज!' वह रो पड़ा जोरों से—'कोई उपाय

बेदर्द ठाकुर को क्या दूंगा—? क्या दूंगा उस

था, सो हो गया। राख में बदल गया उसका

हे-रहे खेतों पर लोट कर ओस चाट रही थीं।

चिन्तामय बैठा था।

..मचिया लाकर बाहर रख दे।' भीखम बोला।

या पर आ बैठे। लठैत हुक्म के इंतजार में लाठी

लकर राख हो गया।' गिड़गिड़ाकर बोला भीखम। नहीं। मुझे अपने रुपये चाहिए। रुपये दो या अपना ।' गरज कर कहां ठाकुर ने।

आधी रात की नीरवता को एक उलूक की कर्कश आवाज ने भंग कर दिया। ठाकुर की हवेली के मुख्य-द्वार से कुछ दूरी पर छिपा हुआ राज सतर्क हो गया।

इस समय उसके शरीर पर चुस्त कपड़े थे। सिर नंगा था, पर मुखाकृति का आधा भाग एक कपड़े के टुकड़े से ढका हुआ था, जिससे वह पहचाना नहीं जा सकता। हाथ में सात बोर का एक रिवाल्वर था।

हवेली के द्वार पर एक लठैत बैठा ऊंघ रहा था। राज धीरे-धीरे दबे पांव द्वार की ओर बढ़ा। रिवाल्वर आग उगलने के लिए एकदम तैयार था।

राज को यह जरा भी न मालूम था कि एक मनुष्य बहुत देर से उसका पीछा कर रहा है और इस समय भी कुछ दूरी पर एक पेड़ की आड़ में खड़ा रहकर, उसकी गतिविधि पर ध्यान रख रहा है।

दबे पांव आगे बढ़ता हुआ राज, हवेली के द्वार को पार कर हाते में आ गया। लठैत पहरेदार को तनिक भी भनक न हुई। राज का पीछा करने वाला मनुष्य भी दबे पांव हाते में आ गया। हवेली से हटा हुआ, नीम का एक ऊंचा पेड़ था, राज उसी पेड़ पर चढ़कर हवेली की छत पर पहुंच गया। छत का दरवाजा खोलकर वह ठाकुर के कमरे में जा पहुंचा। चुपचाप खड़े होकर, उसने इधर-उधर दृष्टिपात किया।

राज का पीछा करने वाले व्यक्ति ने जब राज को पेड़ पर चढ़कर हवेली की छत पर कूदते देखा तो वापस लौट आया और लठैत परहेदार को जगाकर उसके कान में धीरे से उसने कुछ कहा और तब वे दोनों हवेली के भीतरी भाग की ओर आये।

क्षण भर तक राज चुपचाप खड़ा रहा। कमरे में घने अंधकार में काली चुड़ैल नाच रही थी। किसी सोए हुए व्यक्ति की सांस सुनाई पड़ रही थी। राज ने जेब से एक छोटी-सी टार्च निकालकर उसका बटन दबाया और उस सोए हुए व्यक्ति के चेहरे पर प्रकाश डाला। वह ठाकुर ही थे, बेखबर सो रहे थे। वे क्या जानते थे कि उनका काल सिर पर आ गया है।

राज के पीछे का दरवाजा बगैर किसी आवाज के धीरे से खुल गया और एक अस्पष्ट आकृति उस दरवाजे से निकलकर ठीक राज के पीछे आ खड़ी हई। राज को उसका आभास तक न मिला।

राज ने अपना रिवाल्वर वाला हाथ ऊंचा किया। उसकी अंगुली घोड़े पर जा पड़ीं। उसी समय किसी के हाथों ने उसका रिवाल्वर वाला हाथ मजबूती से पकड़ लिया। राज का शरीर क्रोध से जल उठा। वह तेजी से घूम पड़ा, परंतु स्पर्श उसे पूर्व परिचित सा लगा। अंधकार में भी उसने पकड़ने वाले को पहचान लिया।

'मामा...तुम?' वह धीरे से अस्त-व्यस्त सा बोला।

'ठीक पहचाना है तुमने? मैं मामा हूं।' उसके कान तक मुंह ले जाकर वे धीरे से बोले— 'ठाकुर को नहीं मार सकते तुम!'

'क्यों?

'वे आलोक के पिता हैं!' हताश वाणी में बोले वैदराज! अब तक आवेश में उसने इस ओर ध्यान नहीं दिया था। ठाकुर उसके अनन्य मित्र आलोक के पिता है, इसका ज्ञान कराने वाले मामा पर उसे क्षण भर के लिए अत्यधिक क्रोध हुआ। वह दांत पीसकर रह गया।

उसके शिथिल हाथों से छूटकर रिवाल्वर झन्नाटे के साथ जमीन पर जा रहा। ठाकुर की नींद उचट गई। राज तथा वैदराज चौंक पड़े। वैदराज ने झटपट वह रिवॉल्वर उठाकर राज की जेब में ठूंस दिया। ठाकुर अंधेरे में कुछ खोजने लगे। शायद दिया-सलाई खोज रहे थे।

'कौन है?' ठाकुर गरजकर बोले— 'वहीं खड़े रहना, नहीं तो लाठी से सिर फोड़ दूंगा—।' ठाकुर ने दिया सलाई खोजकर लालटेन जलाई और उसकी रोशनी में वैदराज के साथ एक अपरिचित को देखकर आश्चर्यचकित रह गये। आश्चर्यचकित मुद्रा में ही वे पूछ बैठे— 'वैदराज तुम?'

'हां बड़े ठाकुर!'

'तुम यहां कैसे?'

वैदराज पशोपेश में पड़ गए। क्या उत्तर दें, जल्दी से कुछ सोच न सके।

'क्या सोच रहे हो, वैदराज? जल्दी बताओ न, क्या बात है?'

'कुछ नहीं बड़े ठाकुर!' वैदराज ने आखिर एक उपाय सोच ही निकाला— 'छोटे ठाकुर आज शाम से ही मेरे यहां आए हुए थे, परंतु आपके पास आने को तैयार न थे। जब मैंने बहुत समझाया-बुझाया तो आने को राजी हुए।'

'कहां है वह?' उत्सुकतापूर्वक ठाकुर ने पूछा।

'यह है!' कहकर वैदराज ने राज के मुंह पर पड़ा कपड़ा हटा दिया।

राज चौंक पड़ा। उसे स्वप्न में भी विश्वास न था कि वैदराज उसे ही छोटे ठाकुर कहेंगे, मगर वैदराज कहते भी तो क्या कहते। सिवा यह कहने के और दूसरा रास्ता ही क्या था।

'आलोक—!' छोटे ठाकुर—?' ठाकुर के मुख पर हर्ष एवं घृणा की रेखाएं साथ-साथ दौड़ गईं।

परिस्थिति की गम्भीरता धीरे-धीरे राज समझ गया। वह जान गया कि अब पुनः उसे आलोक बनकर इस हवेली में रहना होगा, गरीबों पर किए जाने वाले अत्याचारों को देखकर भी चुप रहना होगा, इस हृदयहीन निर्दयी ठाकुर की झिड़कियां सहनी होंगी। उसका हृदय तीव्र घृणा से भर गया। उसे वैदराज पर क्रोध आया कि क्यों उन्होंने मौके पर आकर उसके कार्य में

रुकावट पैदा की? वह दोनों को दुनिया से उठा देने का संकल्प कर उठा—तभी आलोक उसकी आंखों के परदे पर उभर आया और उसका संकल्प दुर्बल हो गया।

'आप दोनों भारी भ्रम में हैं...।' पुनः बल संचय कर राज बोला—

'आप लोगों को मैं पहचानता तक नहीं, आप लोग बार-बार मुझे आलोक कहकर पुकार रहे हैं, और मैं जानता भी नहीं कि आलोक है कौन?'

'आलोक तुम हो और कौन—?' हैरानी से बोले ठाकुर!

'इनका माथा खराब हो गया है, ठाकुर! जब से मिले हैं, तब से यही कह रहे हैं कि आलोक मैं नहीं हूं। इन्हें आप सावधानी से रखें। दवा मैं देता रहूंगा।' वैदराज बोले।

'मैं पूरे होश-हवाश में हूं। आप लोगों को विश्वास दिलाता हूं कि मैं आलोक नहीं हूं।'

'चुप रहो आलोक! क्या पिता भी अपने पुत्र को पहचानने में भूल कर सकता है।' ठाकुर बोले।

न जाने क्यों, वैदराज सिहर उठे।

'मेरी नाक को ध्यान से देखिए।' राज ने अंतिम अस्त्र का सहारा लिया।

ठाकुर ने उसकी नाक को ध्यानपूर्वक देखा। देखकर बोले—'देख लिया तुम्हारी नाक को! तुम्हारी नाक में जब से फोड़ा हुआ, तब से उसमें कुछ परिवर्तन आ गया है। इसके अतिरिक्त और कोई फर्क नहीं है।' ठाकुर बोले।

राज के सभी अस्त्र कुन्द हो गए।

हताश होकर वह बैठ गया।

वैदराज मुस्करा उठे।

दूसरे दिन प्रातःकाल चारों और छोटे ठाकुर के आने की खबर फैल गई। यह भी शोर हो गया कि उनका दिमाग कुछ खराब हो गया है। दूर-नजदीक के सभी लोग उन्हें देखने आने लगे। राज उनसे मिलते-मिलते परेशान हो गया। वैदराज जब दूसरे दिन दवा देने के बहाने आए तो मौका पाकर राज बोला—'यह तुमने नई झंझट क्यों खड़ी कर दी, मामा?'

'चुपचाप भाग्य के करिश्मे देखते चलो, देखो वह क्या-क्या नाच नचाता है।' कहकर मुस्कराते हुए वैदराज चले गए।

अब बड़े ठाकुर छोटे ठाकुर को कुछ भी न कहते। जब कभी वे छोटे ठाकुर के सामने आते तो उन्हें अपने में एक विचित्र परिवर्तन का अनुभव होता। ठकुराइन के हृदय में भी इस नये छोटे ठाकुर को देखकर स्नेह उमड़ आता था। ठकुराइन और ठाकुर दोनों आश्चर्यचकित थे, परंतु राज की अवस्था बदतर थी। यद्यपि वह शरीर से हृष्ट-पुष्ट था, फिर भी उसकी मानसिक अवस्था शोचनीय थी।

इस प्रकार एक मास व्यतीत हो गया।

# छब्बीस

यद्यपि आलोक की हार्दिक इच्छा घर जाने की न थी, फिर भी औरों की देखा-देखी उसने भी छुट्टी के लिए अर्जी दे दी। आश्चर्य! कि औरों की अर्जी नामंजूर हो गईं, परंतु आलोक को इक्कीस दिन की छुट्टी मिल गई। फ्री रेलवे पास भी मिल गया।

मिर्जापुर आने के लिए आलोक कलकत्ता मेल पर सवार तो हो गया, पर यह निश्चय नहीं कर पाया था कि यह इक्कीस दिन की छुट्टी वह कहां व्यतीत करेगा, घर पर या कहीं बाहर?

दूसरे दिन आधी रात को मेल मिर्जापुर स्टेशन पर पहुंच गई, आलोक ने एक कुली के सिर पर अपना सामान उठवाया और स्टेशन से बाहर आया।

'धर्मशाला तक मेरा सामान पहुंचा दो।' उसने कुली से कहा।

'क्यों? घर नहीं जाओगे छोटे ठाकुर?' कुली बोला।

एक कुली के मुंह से अपना नाम सुनकर आलोक चौंक पड़ा। उसने कुली की ओर देखा, देखकर विस्मय से चीख उठा—'ओह! भीखम चौधरी, तुम?'

'हां, छोटे राजा!'

'तुम यहां कैसे, भीखम चौधरी?' पूछा आलोक ने।

'बड़ी लम्बी कहानी है, छोटे ठाकुर...!, फिर कभी सुन लेना।' भीखम बोला।

'शहर में कहां रहते हो?'

'एक टूटे-फूटे मकान में।'

'मेरा सामान भी वहीं ले चलो! इक्कीस दिन की छुट्टी तुम लोगों के साथ ही बिताऊंगा। घर न जाने का मैंने प्रण कर लिया है!'

कुछ न बोलकर भीखम चुपचाप आगे बढ़ चला! आलोक उसके पीछे-पीछे चला। राह में भीखम सोचता जा रहा था—यह इक्कीस दिन की छुट्टी कैसी? छुट्टी तो नौकरों को मिलती है, तो क्या इन्होंने नौकरी कर ली है? सहसा एक गंदी गली के टूटे-फूटे मकान के दरवाजे पर पहुंचकर उसने आवाज लगाई—

'बिटिया...! ओ बिटिया—!'

'आई काका!' दरवाजा तुरंत खुल गया। भीखम के सिर पर काफी सामान देखकर घटा चौंक पड़ी। पुनः उसकी दृष्टि उस मनुष्य पर पड़ीं, जो भीखम के पीछे खड़ा था। अपने हृदय की पीड़ा को, अपने धराशायी हो गए अरमानों को, अपने प्रेमी को साकार रूप में वहां खड़ा देखकर वह चौंक पड़ीं।

'बिटिया! छोटे ठाकुर आए हैं, बिस्तर लगा दो।' भीखम बोला।

घटा का सारा शरीर हर्षोत्फुल हो उठा था। उसने जल्दी से चारपाई पर बिस्तर लगा दिया। पुनः रसोई बनाने में लग गई। चटपट पराठा, तरकारी और चटनी तैयार कर ली। आलोक जब भोजन पर बैठा तो आज के भोजन में उसे अमृत जैसी मिठास का अनुभव हुआ।

हाथ-मुंह धो, विश्राम के लिए वह चारपाई पर जा लेटा, लेटे ही लेटे उसने पूछा—'गांव क्यों छोड़ दिया, चौधरी काका?'

'जाने दो छोटे राजा! जो भूल गया हूं, उसे, फिर से ताजा करने से मरा हुआ दुख, फिर से जी उठेगा।'

'मगर मैं जानना चाहता हूं—! मुझे बताओ, चौधरी काका!' आलोक ने आग्रह किया।

लाचार भीखम को सब-कुछ बताना पड़ा। सुनकर आलोक को बहुत दुख हुआ। अब तक उसके हृदय में पिता के प्रति जो नाम मात्र शेष आकर्षण था, वह भी निर्मूल हो गया। वह काफी रात गये तक सारी घटना पर विचार करता रहा। नींद जैसे आंखों से हवा हो गई थी।

'घर नहीं जाओगे, छोटे राजा?' भीखम ने पुनः बात शुरू की।

'नहीं!' आलोक ने संक्षिप्त उत्तर दिया।

'इधर मैं भी कई महीने से गांव नहीं गया। बेचारे वैदराज ने मेरी बड़ी मदद की थी। उन्हें भी नहीं मालूम होगा कि मैं कहां हूं?' भीखम ने कहा।

भीखम ने अनुभव किया कि छोटे राजा अन्यमनस्क हैं, मुखाकृति पर करुण वेदना छाई है। अतः उसने उन्हें अधिक छेड़ना उचित नहीं समझा! करवट बदलकर सो गया।

प्रातःकाल उठकर भीखम स्टेशन पर चला गया। जब आलोक की नींद खुली तो उसकी नजर घटा पर पड़ीं।

वह आंखें मलता हुआ उठ बैठा और अर्ध-मुस्कान के बीच बोला—

'अब तो तुम बहुत बदल गई हो, घटा!' उसने उलाहना दिया।

'जब तुम बदल गए हो—जमाना बदल गया है, तो मेरी क्या गिनती, छोटे राजा।'

घटा के इस वाक्य में जो व्यंग्य, जो व्यथा निहित थी, उसे आलोक अच्छी तरह समझ गया। उसने बहुत ही स्नेह-सिक्त स्वर में कहा—

'मेरे पिताजी ने तुम लोगों को बहुत दुख दिया है?'

'दुख-सुख तो जीवन का चक्र हैं छोटे राजा, इसकी चिंता ही दुख है और इसकी मुक्ति ही सुख! घर से बिछुड़कर दुख हुआ। आज आपको पाकर सुख प्राप्त हो गया।' कहकर वह अन्दर चली गई।

घटा के मुख से सुख-दुख का अध्यात्मिक व्याख्यान सुन आलोक को महान आश्चर्य हुआ। आश्चर्य इस बात पर हुआ कि यह छोटी-सी उम्र वाली अनपढ़ बाला में यह अनुभव कैसे आया? कहां से आया?

काफी माथा-पच्ची करने पर वह इसी निष्कर्ष पर पहुंचा कि कष्ट सहन ही इस अनुभव के मूल में है।

उसने देखा, घटा भीतर रसोई के खटपट में लगी है, तो वह कपड़ा पहन घूमने चला गया।

भीखम स्टेशन से लौटकर आया, तब तक आलोक नहीं लौटा था। वह घटा से पूछने जा ही रहा था कि वह आ पहुंचा और उन लोगों के प्रश्न करने से पूर्व ही बोल उठा—'बाहर एक ठेला और तांगा तैयार खड़ा है। अपना, मेरा, सब सामान ठेले पर रखो और तुम दोनों तांगे पर बैठ जाओ। हम लोग दूसरे मकान में चलेंगे।'

'ऐसा क्यों छोटे ठाकुर?'

'जल्दी करो, तांगे वाले ने जल्दी करने को कहां है।' आलोक ने कहा।

आलोक ने जो मकान भाड़े पर लिया था, वह छोटा और सुंदर था। पानी-पखाने का प्रबंध उसमें बहुत अच्छा था। काम आने वाली आवश्यक वस्तुएं भी खरीदकर उसने उस मकान में रख दी थीं। एक नौकरानी को भी ठीक कर लिया था।

अब घटा और भीखम नये मकान में आए, तो बहुत प्रसन्न हुए। सब जरूरी सामान आलोक ने चार-पांच घंटे में ही जुटा लिया था। चूल्हा-चक्की, चारपाई, बर्तन आदि किसी वस्तु का अभाव न था।

शाम को जब भीखम पुनः स्टेशन जाने लगा, तो आलोक ने उसे रोकते हुए कहा—'अब तुम्हें कुलीगिरी करने की जरूरत नहीं, चौधरी काका!'

'कुछ-न-कुछ तो करना ही होगा, छोटे ठाकुर!' भीखम बोला।

'जब तक मैं हूं, कुछ करने की जरूरत नहीं।'

'यह नहीं हो सकता, नहीं हो सकता छोटे राजा।'

'होगा—वहीं होगा, जो मैं चाहूंगा।'

बेचारा भीखम विवश हो गया।

दूसरे दिन आलोक ने भीखम को एक महाजन के यहां अच्छी-सी नौकरी दिला दी। धीरे-धीरे दिन हंसी-खुशी से बीतने लगे। घटा के साथ रहने से आलोक नीनी की सुध भूल-सा गया, पर कभी-कभी उस छोकरी की क्षणिक याद आ ही जाती थी।

उस दिन भीखम नौकरी पर चला गया था। घर पर आलोक और घटा अकेले ही थे। आलोक कारपोल गिल की दी हुई 'बण्डल' नामक पुस्तक पढ़ रहा था। हरवर्ड जेकिन्स की लिखी हुई हास्य रस की यह उत्तम पुस्तक थी। कभी-कभी आलोक के मुख पर अनायास ही मुस्कराहट खेल उठती थी।

'बहुत मुस्करा रहे हो छोटे राजा!' घटा ने कमरे में प्रवेश करते हुए कहा।

'मुस्कराना भी क्या अपराध है, घटा?' आलोक ने पुस्तक पर से निगाह हटाते हुए कहा—'आओ बैठो।'

'छोटे राजा के साथ बैठने का मेरा मुंह कहो, जो बैठूं?' कहकर घटा चारपाई के दूसरे सिरे पर बैठ गई।

'तुम अब बड़े हो गए हो, इसलिए मुझे बड़े राजा कहकर पुकारना चाहिए। क्यों, है न यही बात?' घटा आलोक के और पास आकर, फिर बोली—'नहीं, बड़े राजा भी नहीं, सिर्फ राजा कहकर पुकारूंगी मैं अब तो।'

'तुम बहुत शोक होती जा रही हो, घटा।' कहकर आलोक ने उसे घसीटकर अपने वक्ष में समेट लिया।

'हम लोगों के लिए आपने बहुत कुछ किया, छोटे ठाकुर!'

'यहां तक कि खुद अपने को भी तुम्हें सौंप दिया, है न?' कहकर आलोक हंस पड़ा।

घटा की आंखें लज्जा से झुक गईं। काली-काली पुतलियों में न जाने कहां की लज्जा समा गई। नेत्रों की मादकता गहरी होकर छलक उठी। उन्नत उरोजों पर मधुर कम्पन लहरा उठा। रक्तिम होंठ मुस्करा पड़े।

भूल गया आलोक अपने को, भूल गया नीनी को—सब कुछ भूल गया वह। घटा की रूप-माधुरी, की मदिरा का प्याला पीकर!

एक सप्ताह व्यतीत हो गया। आलोक के हृदय में अकथनीय द्वन्द्व उठा खड़ा हुआ था। घटा को वह प्यार करता था, परंतु नीनी को भी वह भूल नहीं सकता था। घटा उसके रग-रग में प्रवेश कर चुकी थी, परंतु नीनी की सुंदर आकृति भी उसके नेत्रों के समक्ष कसकती रहती थी। इससे परेशान था वह!

एक दिन उसने नीनी को पत्र लिखा। अपने हृदय की विवशता उसमें उसने व्यक्त कर दी। चन्द लाइनों में उस पत्र में, जैसे उसने हृदय की सारी व्यथा उंड़ेल दी थी।

पत्रोत्तर की प्रतीक्षा बेताबी से कर रहा था वह। उसे विश्वास था कि नीनी उसके पत्र का उत्तर अवश्य देगी, क्योंकि उत्तर के लिए उसने एक लिफाफा भी उसमें रख दिया था, परंतु उत्तर न मिलना था, न मिला।

छुट्टी समाप्त होने को आई। घटा का मुंह आंसुओं से तर था, रोते-रोते सूज गये थे।

आलोक घटा को रोता हुआ छोड़कर प्रतिमास पर्याप्त सहायता भेजने का वचन देकर, बम्बई रवाना हो गया।

भीखम स्टेशन तक पहुंचाने आया था।

घटा ने उस दिन न कुछ खाया, न पीया।

दूसरे दिन तीन बजे आलोक बम्बई पहुंच गया। मित्र उसे देखकर बहुत प्रसन्न हुए, पर आलोक का कलेजा धड़क रहा था। नीनी से मिलने के लिए उसका मन आतुर हो रहा था।

शाम का खाना खाकर सब लोग घूमने के लिए निकल पड़े। सिर, फिरोजशाह मेहता रोड पर, उस जगह पर आए, जहां करीम जी हाउस था, फिर पास ही राक्सी में आकर सब लोगों ने 'कादम्बरी' नामक चित्र देखा।

प्रातःकाल जिस समय आलोक ऑफिस पहुंचा, नीनी कार्य व्यस्त थी। चाहकर भी वह उससे बोलना नहीं चाहता था, इसलिए नहीं कि घटा उस पर अधिकर किए हुए थी, बल्कि इसलिए कि उसने उसके पत्र की उपेक्षा की थी—पत्रोत्तर नहीं दिया था।

'माफ कीजिए, सारजेण्ट!' अकस्मात वह कह उठा और उसके पास आ खड़ा हुआ।

'किस बात की माफी मांगी जा रही है, मिस्टर आलोक?' उसने मुस्कराते हुए पूछा।

'मैंने गुस्ताख़ी जो की है।'

'कैसी गुस्ताख़ी?'

'ऑफिस में आकर भी मैं आपसे नहीं बोला।'

'यदि न बोलना ही गुस्ताख़ी है, तो जाओ माफ किया मैंने।' कहकर ऐसी चितवन से नीनी ने उसकी ओर देखा कि वह विचलित-सा हो गया। दोनों एक साथ मुस्करा पड़े।

इसी तरह दिन बीतते गए। नीनी और आलोक पूर्ववत् एक दूसरे के लिए दुर्भेद्य बने रहे।

एक दिन जबकि ऑफिस में आलोक और अन्य कर्मचारी कार्य-व्यस्त थे—एकाएक बादल गरजने जैसी भयंकर आवाज होने लगी। बड़े-बड़े मकान हिल उठे। शीशे की खिड़कियां चूर-चूर हो गईं।

'बम गिरा', 'बम गिरा' के शोर से ऑफिस का वातावरण क्षुब्ध हो गया।

आलोक शान्त था, तनिक भी घबराया न था, यद्यपि वह उसके जीवन में ऐसी प्रथम घटना थी। अंग्रेजों के दिल पर दहशत सी छा गई। टाइपिस्ट छोकरियां—जिसे भी आगे पाया, उससे लिपट गईं।

दो क्षण पश्चात् ही पूर्ववत् शांति छा गई, परंतु पांच मिनट बाद ही पुनः एक धमाका हुआ, जैसे हजारों, तोपें एक साथ गरज उठी हों। पुनः खलबली मच गई। पूर्व की ओर से आकाश पर धुएं का गुब्बारा-सा छा गया। सारा आकाश तीव्र गंध एवं धुएं से भर उठा।

आग बुझाने वाले दस्ते दौड़ पड़े। बड़े-बड़े दमकलों के शोर से वातावरण अशांत हो गया। चारों और भय से सनसनी फैल गई। ऑफिस से बाहर आने पर आलोक को मालूम हुआ कि बन्दरगाह में गोला-बारूद से भरे जहाज में आग लग गई है।

ज्यों-ज्यों शाम होने लगी, त्यों-त्यों आकाश पर धुएं के साथ-साथ लालिमा भी बढ़ने लगी, सन्ध्या होते-होते पूर्वाकाश आग की लपटों से लाल हो उठा। मालूम हुआ जैसे भयानक दावाग्नि जीभ लपलपाती, आकाश छूने की चेष्टा कर रही हो।

आधी रात के समय कैम्प में एकाएक खतरे का घंटा बज उठा। जो जिस पोशाक में था, उसी पोशाक में उठकर गार्ड रूम की ओर दौड़ा। सब लोग लारियों में भर-भर कर बन्दरगाह पर पहुंचाए गए। कितने ही अंग्रेज तथा भारतीय आग बुझाने में जुट गए—प्राणों की तनिक भी परंवाह न थी उन्हें, जैसे कर्तव्य सर्वोपरि था।

आलोक ने विध्वंस का जो दृश्य देखा, वह वर्णनातीत था।

यद्यपि आर्मी, नेवी, एयरफोर्स तथा सिविल-फोर्स की टोलियां अथक परिश्रम कर रही थीं, परंतु अग्नि की लपटें जैसे प्रलयंकारी होती जा रही थीं।

रात भर आलोक भी अविराम परिश्रम करता रहा, परंतु आग को न बुझना था, न बुझी।

दूसरे दिन पुनः आलोक ध्वंस हुए स्थानों पर गया। आग तब तक जल रही थी। आसपास के कई फलांग तक के मकान धराशायी हो गए थे। चारों और छोटे-बड़े ढूहे दृष्टिगोचर हो रहे थे।

तीसरे दिन जब आलोक ऑफिस पहुंचा, तो कार पोल ने उसे खबर दी कि वह नौकरी से बरखास्त कर दिया गया है। आलोक आश्चर्यचकित हो उठा। अपने बरखास्त होने का कारण उसकी समझ में न आया। भरती होते समय आलोक ने अपने नाम-ग्राम का पता गलत लिखवाया था, जान-बूझकर। जब जांच हुई तो स्थानीय पुलिस की रिपोर्ट मिली कि इस नाम का कोई भी मनुष्य यहां नहीं रहता। अधिकारियों को आलोक के इस आचरण पर सन्देह हुआ। यही था उसके बरखास्त होने का कारण।

आलोक को उसके अफसर ने बुलवाया। उन्होंने बहुत अफसोस जाहिर किया कि आलोक को राय दी कि वह एक अर्जी इस आशय की दे दे कि उसके केस पर पुनः विचार किया जाए। आलोक ने अर्जी दे दी। उसकी अर्जी पुनर्विचार के लिए न्यू दिल्ली भेज दी गई।

इस बीच आलोक ने कुछ दिन की छुट्टी ले ली, छुट्टी मंजूर हो गई। वह घर आकर घटा तथा भीखम को देख गया। वापस बम्बई आने पर न उसने सुना कि नीनी की आज शादी है, किसी क्रिश्चियन के साथ! सुनकर उसका हृदय टूक-टूक हो गया।

उफ! इस छोकरी ने उसे कितना गहरा धोखा दिया। दिखावटी प्रेम प्रदर्शित कर उसने उसे, फिरकनी की तरह मचाया—उल्लू बनाया और अब दूध की मक्खी की तरह निकालकर दूर फेंक दिया! आज जाना उसने कि अंग्रेजी वातावरण में पली ये छोकरियां, कभी एक की होकर नहीं रह सकतीं। इनका विश्वास करना अपने आपको धोखा देना है।

एयरफोर्स हेडक्वार्टर से आलोक की अर्जी नामंजूर हो गई। आलोक से फौजी कपड़े तथा सनद इत्यादि जमा करा ली गईं और उसे बरखास्त कर दिया गया।

आलोक उसी दिन मिर्जापुर को रवाना हो गया।

# अठाईस

भीखम और घटा अभी-अभी खाना खाकर लेटे ही थे कि दरवाजे पर खटखटाहट की आवाज आई। भीखम बोला—'देख तो बिटिया कौन आया है इस आधी रात को?'

घटा ने आकर दरवाजा खोला।

हाथ के लालटेन के प्रकाश में आगन्तुक को देखते ही वह मारे खुशी के चीख उठी और लालटेन रखकर उससे लता की तरह लिपट गई। आगन्तुक आलोक था। घटा को स्वप्न में भी विश्वास न था कि वह इतनी जल्दी लौट आएगा। अभी केवल पच्चीस दिन तो उसे गए हुए ही थे।

आलोक सामान भीतर लेकर आया तो भीखम चारपाई से उठ बैठा और आश्चर्यचकित मुद्रा में उसने पूछा—'इस बार इतनी जल्दी कैसे छुट्टी मिल गई, छोटे राजा?'

'अब तो हमेशा के लिए छुट्टी मिल गई, चौधरी काका!' आलोक ने कहा।

'हमेशा के लिए!' हर्षोत्फुल हो उठी घटा।

'हमेशा के लिए!' भीखम बोला—'चलो अच्छा ही हुआ, छोटे ठाकुर! हम लोग भी तुम्हारे बिना बहुत उदास रहते थे।'

आलोक और भीखम चौधरी अभी बात कर ही रहे थे, इतने में आलोक के लिए रसोई घर से कुछ खाना घटा लाकर रख गई।

खाना खाकर आलोक चारपाई पर लेटा, तो भीखम से पूछा उसने—'इधर गांव की कुछ खबर मिली काका?'

'कुछ नहीं। गांव से तो अब कोई लाभ ही नहीं रहा, छोटे राजा! सबकी माया छोड़ दी। वैदराज से भी भेंट नहीं की। पता नहीं गांव में क्या हो रहा है?' भीखम बोला।

'मैं कल बनारस जाऊंगा, चौधरी काका!' आलोक ने कहा—'अब कुछ-न-कुछ तो करना ही होगा। सोच रहा हूं, होमियोपैथिक दवाएं और कुछ पुस्तकें ले आऊं और एक दवाखाना खोल दूं।'

'जैसी तुम्हारी इच्छा ठाकुर, मैं मूर्ख आदमी क्या सलाह दे सकता हूं।'

दूसरे दिन आलोक बनारस गया। गुदौलिया पर एम. भट्टाचार्य की दुकान से उसने आवश्यक दवाओं सहित एक बक्स खरीदा और दो पुस्तकें। एक तो नारायण चन्द्र घोष लिखित काम्परेटिव मेटेरिया मेडिका एण्ड थेराप्युटिक्स और दूसरी महेशचन्द्र भट्टाचार्य प्रणीत पारिवारिक भैषजतत्व। इनके अतिरिक्त एक थर्मामीटर, एक स्टेथिसकोप, एक पाटल ग्लोबुल्स, एक बोतल सुगर आफ मिल्क, दो बोतल डिस्टिल वाटर, ग्लेसरीन ओलिव ऑयल तथा अन्य आवश्यक वस्तुएं खरीदकर शाम की गाड़ी से वह मिर्जापुर लौट आया।

घर आकर देखा तो घटा बुखार में बुत पड़ीं थी। पीठ में कार बक उमड़ रहा था। सूजन बढ़ती चली जा रही थी। आलोक ने चटपट किताब खोली और लक्षण मिलाने बैठ गया। फोड़े में असह्य दर्द था, लाली थी, सूजन थी प्रदाह था। चटपट उसने बेलाडोना की 60 नम्बर की एक खुराक घटा को दे दी।

दो घंटे बाद पीड़ा कुछ कम हो गई, मगर सूजन बढ़ती ही गई। प्रातःकाल आलोक ने देखा तो फोड़ा काफी बड़ा हो चुका था, तब उसने हिपर सल्फ्यूरिस केल्केरियम 1000 नम्बर की एक खुराक दे दी।

दूसरे दिन प्रातः काल सूजन गायब थी—फोड़ा बैठ चुका था। वह उसकी पहली विजय थी।

'तुमने जिला लिया इसे छोटे ठाकुर!' भीखम ने कहा।

'नहीं तो, मैं मर ही जाती!'

कहकर घटा ने काका की आंख बचाकर छोटे ठाकुर की ओर इस दृष्टि से देखा कि वह सिहर उठा—बाहुपाश में कस लेने की उसकी लालसा बलवती हो उठी। वह बेहोशी में आगे बढ़ा भी, पर 'काका' की उपस्थिति ने उसकी सब लालसाओं पर पानी फेर दिया।

एक हफ्ते बाद मकान के बाहरी हिस्से में आलोक का दवाखाना खुल गया। कुछ ही दिनों में हाथ का चमत्कार देख रोगियों की संख्या बढ़ने लगी। ख्याति दूर-दूर तक फैल गई।

भीखम अब नौकरी छोड़कर दवाखाने में आलोक की सहायता करने लगा। आमदनी दिन-दूनी रात चौगुनी होने लगी। एक कंपाउंडर भी रख लिया था।

आलोक के साधारण खद्दर के वस्त्रों से एवं मित्र भाषण से सभी प्रभावित थे। घटा के लिए आलोक ने एक अध्यापिका रख दी थी, जो सुबह-शाम उसे आकर पढ़ा जाया करती थी। घटा की बुद्धि प्रखर थी। शीघ्र ही वह पढ़ने-लिखने लगी। घर में एक ब्राह्मणी खाना पकाने के लिए रख ली गई।

दिन बीतते गए, परंतु आलोक अपने गांव न गया और न गांव से ही कोई आया।

'अब तो तुम काफी पढ़-लिख गई हो...।' दवाखाने से अवकाश पाकर आलोक ने घटा को अकेली पाकर कहा।

'जी हां, अब मुझे उस अध्यापिका की जरूरत नहीं।' घटा ने सलज्ज भाव से उत्तर दिया।

'क्यों?' पूछा आलोक ने।

'क्योंकि अब मुझे पढ़ा नहीं सकती। अब मैं आपसे ही पढ़ लिया करूंगी।' घटा ने कहा। इस समय उसकी वेशभूषा एवं बातचीत से कोई यह नहीं कह सकता था कि यह वहीं ग्रामीण युवती घटिया है।

'मुझसे नहीं पढ़ सकोगी, तुम।'

'क्यों नहीं? तुम तो पढ़ाने के अतिरिक्त भी बहुत कुछ पढ़ा सकते हो।' मुस्कराकर बोली वह।

'तो इधर आओ, आज से ही पाठ आरम्भ कर दूं।' कहकर आलोक के व्यग्र हाथों ने लाज से सिमटी हुई घटा को सीने से लगा, चूम लिया।

'यही पढ़ना चाहती थी, न तुम?' आलोक ने अपना बन्धन दृढ़ करते हुए कहा।

'.....।' उसने शोखी से मूक उत्तर दे दिया।

दोनों के नेत्र एक-दूसरे की काली पुतलियों में झांक रहे थे।

घटा की उठी हुई छातियां आलोक का सीना चूम रही थीं।

'मैं सोचता हूं कि अब मैं अपनी शादी कर लूं।' आलोक ने कहा।

'मैं भी अपनी शादी कर लूंगी।' घटा ने कहा।

'किससे शादी करोगी तुम?'

'आपसे...! और आप...?'

'तुमसे।'

दोनों खिलखिलाकर हंस पड़े। दूसरे ही क्षण दोनों दो शरीर एक जान एक हो गए।

आलोक दवाखाने में बैठा था। भीखम कुछ सामान लेने बाजार गया हुआ था। लौटकर आया तो बोला—'सुना है, ठकुराइन अम्मा की तबियत बहुत खराब है छोटे ठाकुर!'

'कैसे मालूम हुआ तुम्हें?'

'अभी-अभी जैकरन अहीर बाजार में मिला था। उन्हीं के लिए कोई दवा लेने ठाकुर ने उन्हें शहर भेजा था।' भीखम बोला।

'और क्या कहां उसने?'

'अरे, छोटे ठाकुर! वह तो सीधे मुंह बोला तक नहीं। बड़ी जल्दी में था। सिर्फ इतना ही कहकर चला गया।' भीखम ने कहा।

आलोक कुछ सोचता रहा, कुछ क्षण बाद झटके से उठ खड़ा हुआ और बोला—

'चौधरी काका! तुम यहां का काम संभालना। मैं गांव जाता हूं, पता नहीं कब तक लौटूं।'

'तुम गांव जाओगे, छोटे ठाकुर?' भीखम को आश्चर्य हुआ उसके इस आकस्मिक निश्चय पर।

'जाना ही पड़ेगा भीखम काका! ऐसी विपत्ति के समय मान करना क्या उचित होगा? ठकुराइन दादी ने मेरे लिए बहुत कुछ किया है, मेरे लालन-पालन में उन्होंने रात-दिन एक किया है। पिता की मुझे परवाह नहीं, पर उस स्नेहमयी मां और दादी की उपेक्षा कर मैं पाप का भागी नहीं बनूंगा, काका!'

दादी की चिंताजनक अवस्था का समाचार सुन, आलोक ने पिता के बर्बर व्यवहार की ओर से आंख मूंद ली। उसने दवाओं का एक छोटा-सा बक्स हाथ में लिया और दाढ़ीराम गांव की ओर चल पड़ा।

झिंगुरा स्टेशन तक तो वह इक्के पर आया, परंतु आगे तीन कोस का रास्ता पैदल तय करना था। अतः वह तेजी से चल पड़ा। उसे विश्वास था कि वह ज्यों ही गांव में प्रवेश करेगा, लोग उसे चारों ओर से घेर लेंगे और अनेक प्रकार के प्रश्न पूछ-पूछकर उसे परेशान कर डालेंगे।

परंतु वह आश्चर्य-चकित हो उठा, यह देखकर कि किसी ने उस पर विशेष ध्यान नहीं दिया। गांव में प्रवेश करते ही जो मिलता, वह आदर के साथ झुककर जुहार करता और आगे बढ़ जाता। इसके अतिरिक्त, कोई कुछ न बोलता। एकाध ने उसे रोककर ठकुराइन अम्मा की तबियत का हाल पूछा—जैसे वह हमेशा से ही उस गांव में रहता आ रहा हो, जैसे वह कहीं गया ही न था, जैसे उसका इतने दिनों पर गांव वापस आना उन लोगों के लिए कोई कौतूहल जनक बात नहीं थी।

हवेली के दरवाजे पर वह पहुंचा तो पहरेदार ने मोढ़े पर से उठकर, उसे सलाम बजाया और चुपचाप खड़ा रहा। आलोक आश्चर्य के साथ-साथ व्यग्र हो उठा। व्यग्रता से उसने पहरेदार से पूछा।

'बड़े ठाकुर कहां हैं?'

वे अभी नहीं लौटे हैं, छोटे ठाकुर!' लठैत ने उत्तर दिया।

'नहीं लौटे? तो, फिर गए कहां हैं? साफ-साफ क्यों नहीं बताया? सवाल कुछ जवाब कुछ?'

व्यर्थ समय न बरबाद करके वह हवेली के अंदर चला गया। ठकुराइन अम्मा के दरवाजे पर खासी भीड़ थी। उन्हें देखकर लोगों ने चुपचाप रास्ता दे दिया। वह आकर ठकुराइन अम्मा की चारपाई पर बैठ गया। तबियत बहुत खराब थी। बचने की आशा न थी। आलोक की मां भी वहीं थीं। उन्होंने पूछा—'बहुत जल्दी लौट आए आलोक?'

आलोक सोचने लगा—इस प्रश्न का मतलब क्या है? आज सभी लोग उसके साथ अनोखा व्यवहार क्यों कर रहे हैं?

'बड़े ठाकुर कहां रह गए?' पुनः पूछा ठकुराइन ने।

आलोक क्या बोलता। वह तो स्वयं आश्चर्यचकित था।

'दवा लाए हो?'

आलोक, फिर भी चुप रहा।

'वैदराज से भेंट नहीं हुई क्या?'

'......।'

'अरे तुम बोलते क्यों नहीं, चुप क्यों हो? बड़े ठाकुर ने कुछ कहा-सुना है क्या?'

आलोक इन अनोखी बातों से घबड़ा उठा। बोला—'मेरी समझ में नहीं आ रहा है कि आप लोग धोखे में हैं या मैं धोखे में हूं? आप सभी लोग ऐसी बातें कर रहे हैं जैसे मैं यहीं था, कहीं बाहर गया ही न था।'

'गए तो थे!' ठकुराइन ने कहा—'अभी सुबह ठाकुर के साथ हाथी पर बैठकर वैदराज के घर पर दवा लेने गए थे।'

'बात क्या है?' ठाकुर का तीव्र स्वर सुनाई पड़ा।

लोगों ने देखा, दरवाजे पर आश्चर्यचकित मुद्रा में ठाकुर खड़े थे। उनकी बगल में खड़ा था राज—वर्तमान छोटे ठाकुर!

राज को देखते ही आलोक सारी परिस्थितियां समझ गया। राज ने आंख से कुछ इशारा किया। आलोक ने इशारे का मतलब समझ लिया। क्षण-मात्र में उसने ऐसा भाव-परिवर्तन कर लिया, जैसे वह राज को जानता ही न हो।

आश्चर्यचकित ठाकुर के चेहरे पर क्रोध की लालिमा दौड़ गई। वे आगे बढ़े। चिल्लाकर बोले—'तुम दोनों में से आलोक कौन है?'

राज उठकर खड़ा हो गया।

'पहले ही से कहता आ रहा हूं कि मैं आलोक नहीं हूं,? मगर मुझे तो पागल समझ लिया था, आप लोगों ने।' राज ने कहा।

'धोखेबाज कहीं के!' ठाकुर चिल्लाए।

'धोखा आपने खुद खाया है ठाकुर! मेरा क्या दोष है?' राजा घृणायुक्त स्वर में बोला— 'मैं तो एक क्षण भी इस नरक में नहीं रहना चाहता था। जहां दिन-रात गरीबों पर पाशविक अत्याचार होते रहते हैं, वहां क्या कोई शरीफ इन्सान रह सकता है?'

'जबान को बहकने न दो युवक, नहीं तो मेरा गुस्सा बहुत खतरनाक है।'

'आपके गुस्से की परवाह गरीब करते हैं, मैं गरीब होते हुए भी गरीब नहीं हूं। ईंट का जवाब पत्थर से देना जानता हूं।'

'निकल जाओ यहां से!' गरजे ठाकुर!

राज उलटे पांव लौट चला। राज के चले जाने पर ठाकुर को लगा जैसे उसके हृदय का कोना-कोना जल उठा है। उन्होंने आलोक की ओर देखा। जाने क्यों, हृदय में भयंकर उथल-पुथल मच गई। उन्होंने आलोक से कुछ नहीं पूछा। यह भी नहीं पूछा कि वह इतने दिनों तक कहां था।

झल्लाए हुए बैठक में आकर वे गम्भीर चिंता में निमग्न हो गए।

चार दिनों तक ठकुराइन अम्मा का शरीर, जीवन और मृत्यु के बीच झूलता रहा। अंत में मृत्यु की विजय हुई।

आलोक को बिलखता छोड़कर स्वजनों के आंसुओं की तनिक भी परवाह न कर, बूढ़ी ठकुराइन शनिवार आधी रात को चांद और तारों की दुनिया में चली गई।

क्रिया-कर्म सम्पूर्ण होने के दो दिन बाद तक आलोक वहां रहा मगर अब तक बड़े ठाकुर ने उससे एक प्रश्न भी नहीं पूछा था, न एक शब्द ही बोले थे।

ठकुराइन ने आलोक से कुछ प्रश्न अवश्य पूछे थे, जिसका उसने सन्तोषजनक उत्तर नहीं दिया।

सोलहवें दिन प्रातःकाल आलोक ने चलने की तैयारी कर दी। ठकुराइन उसका पैर पकड़कर रोने लगी, परंतु उसका हृदय तिल मात्र भी न पसीजा। ठकुराइन दौड़ी हुई ठाकुर के पास आयी और घबराई हुई आवाज में बोली—'अब तो उसे रोक लो ठाकुर, वह जा रहा है।'

'जाने दो।' ठाकुर गम्भीर स्वर में बोले।

आलोक चला गया। किसी ने उसे नहीं रोका। वह घटा और भीखम के पास लौट आया।

घटा और भीखम ने ठकुराइन अम्मा की मृत्यु पर घंटों आंसू बहाए।

आलोक ने उनसे राज वाली घटना नहीं बताई।

भीखम ने बाहर से लौटकर पूछा—'छोटे ठाकुर कहां गए, बिटिया?'

'सिनेमा गए हैं, काका!'

'भला सिनेमा का तीसरा शो देखना क्या अच्छा है? व्यर्थ में नींद खराब होती है।' भीखम ने कहा।

उसी समय किसी ने दरवाजा खटखटाया।

'मालूम होता है छोटे ठाकुर आ गए, मगर अभी तो शायद खेल भी खतम न हुआ होगा। देखो, कौन है?' भीखम चारपाई पर बैठ गया। घटा लालटेन लेकर दरवाजा खोलने चली।

दरवाजा खुला। घटा की सूरत देखते ही आगन्तुक चौंक पड़ा बोला—'तुम यहां?'

'इतनी देर में ही तुम्हें क्या हो गया, छोटे ठाकुर...?' घटा मुस्कराकर बोली और आगन्तुक का हाथ पकड़कर भीतर ले आई।

'मुझे कुछ नहीं हुआ?' आगन्तुक गम्भीरतापूर्वक बोला—'मगर तुम अब तक मुझे छोटे ठाकुर ही क्या कहती हो, अब तो मैं छोटे ठाकुर रहा नहीं। जबरदस्ती पकड़कर मुझे छोटे ठाकुर बना दिया गया था। मुझे पागल समझ रखा था उन लोगों ने।'

'आपकी तबियत आज कुछ खराब है, पहले भी आप इसी तरह कभी-कभी उल्टी-सीधी बातें करने लगते थे...!' घटा बोली।

'अब मेरा दिमाग एकदम ठीक है। बताया न कि बड़े ठाकुर की दृष्टि में मैं पागल था, इसलिए वैदराज की दवा होती रही। अब बिल्कुल ठीक हूं।' आगन्तुक बोला। वह राज था, जिसे घटा आलोक समझ रही थी। वह कहता गया—'आज मेरे एक दोस्त शहर में मिल गए और उन्होंने कहां कि शाम को मेरे घर आना! इसी घर का उन्होंने पता बताया था, मुझे आने में देर हो गई, शाम को न आ सका, लेकिन मुझे यह विश्वास न था कि तुम्हें मैं यहां देखूंगा, अब तो तुम एकदम...एकदम बदल गई हो!'

'काका!' घटा ने चीखकर भीखम को पुकारा।

भीखम सरसराता ऊपर से नीचे आ गया।

'यह देखो...इन्हें क्या हो गया है, काका! एकदम पागलों की बातें कर रहे हैं' घटा पीछे हटकर खड़ी हो गई।

तभी परिचित स्वर गूंज उठा।

'हैलो राज!'

आवाज पहचानकर राज घूम पड़ा।दोनों दोस्त एक-दूसरे के गले से लग गए। राज बोला—'शाम को आने के लिए कहां था, परंतु कुछ कारणवश नहीं आ सका, माफ करना।

मुझे आशा न थी कि...।' कहते-कहते राज रुक गया। घटा के विषय में कोई बात कहने जा रहा था। रुककर उसने सोचा। अब घबराहट का कारण और उसे पागल समझने की बात उसकी समझ में आ गई। वह समझ गया कि घटा आलोक को चाहती है, बहुत पहले से चाहती रही और आलोक के ही धोखे में कभी-कभी उससे भी प्रेमालाप करती रही...! अभागी छोकरी....! अभागा राज!

घटा और भीखम चुपचाप आश्चर्यचकित खड़े थे। अन्त में आलोक ने परिस्थितियां साफ कर दीं—'यह मेरा दोस्त राज नारायण है। हमारी और इनकी सूरतें एक सी हैं...है न घटा?'

'ओह...!' घटा ने अपना सिर पकड़ लिया। अन्दर जाकर चारपाई पर गिर पड़ीं। उसके नेत्रों के सामने से अंधकार छिन्न-भिन्न हो गया। कभी-कभी उसे छोटे ठाकुर की बातें दो प्रकार की क्यों मालूम देती थीं। इसका कारण उसकी समझ में आ गया। उफ़! वह एक रूप के दो व्यक्तियों से प्रेम करती आ रही थी, फिर भी वह अभी तक यह निर्णय न कर सकी थी कि उसने पहले-पहल किसे देखा था—आलोक को या राज को!

रात को राज वहीं रह गया। घटा सो चुकी थी और भीखम रात को दवाखाने में सोने चला गया था।

एकांत पाकर आलोक राज से बोला—'दोस्त, मैंने तुम्हें एक जरूरी काम से यहां बुलाया था।'

'कैसा काम?' अन्यमनस्क भाव से पूछा राज ने। इस समय उसके हृदय पर जो बीत रही थी, यह वहीं जानता था।

'मैं घटा को प्यार करता हूं!' सुनकर कांप उठा राज। उसका अनुमान सत्य निकला।

'वह भी मुझे चाहती है, अतः मेरी राय है कि तुम भीखम चौधरी से हम दोनों की शादी की बातचीत चलाओ। मुझे तो बड़ी शरम लगती है, अन्यथा मैं ही उनसे कहता।'

'अवश्य बातचीत करूंगा...।' हृदय को पत्थर बनाकर बोला राज। उसे लगा जैसे उसकी आत्मा उसके शरीर से उड़ चली हो, जैसे उसके बदन का सारा खून सूख गया हो, जैसे उसकी सारी संचित आशाओं पर क्षणमात्र में वज्रपात हो गया हो!

प्रातःकाल ही आलोक और भीखम दवाखाने चले गए। ऊपर केवल घटा और राज रह गए थे।

'उठिए, काफी दिन चढ़ आया है!' घटा ने दबी जबान से उसे पुकारा।

राज चुपचाप उठ बैठा। उसका मुख अत्यधिक गंभीर था। घटा भी कम गम्भीर नहीं थी। राज ने नित्यक्रिया से छुट्टी पाकर स्नान किया। घटा उसके लिए नाश्ता ले आई। राज नाश्ता करने लगा।

'बड़ी गलती हुई है मुझसे...।' सकुचाते हुए घटा बोली।

'मुझसे भी...मुझे पहले ही सब कुछ समझ लेना चाहिए था क्योंकि मैं जानता था कि आलोक की शक्ल मुझसे मिलती-जुलती है, पर तुम इस बात से अनभिज्ञ थीं। इसमें तुमसे अधिक मैं अपराधी हूं।'

'एक बात पूछूं?' घटा का स्वर कम्पित था!

'पूछो।'

'तालाब में जिसकी टोपी गिर गई थी, वहीं आप थे या छोटे ठाकुर?'

'मैं...मैं था वह!'

'ओह!' हथेली में मुंह छिपा लिया घटा ने—'वस्तुतः आप ही वह पहले व्यक्ति हैं, जिस पर मैं मुग्ध हुई थी। आप ही ने मेरे हृदय में तूफान की सृष्टि कर दी थी। अब भी मेरा प्रेम आप पर है, परंतु अब विवश हो गई हूं। लुट चुकी हूं आलोक के हाथों।'

'बहुत खुश हूं मैं तुम्हारे स्पष्ट कथन पर। मेरे हृदय में भी तुम्हारे लिए अगाध प्रेम है। रात-रात भर मैंने तुम्हारे स्वप्न देखे है और कुछ देर के लिए अपनी बेबसी की जिंदगी को भूल गया हूं, मगर अब? अब क्या हो सकता है? छोटे ठाकुर तुम्हें बहुत चाहते है और मैं भी उसे उतना ही चाहता हूं, जितना तुम मुझे।'

'मेरे बगैर शायद वे जीवित भी न रह सके।' घटा ने अपनी शंका प्रकट की।

'जानता हूं, सब कुछ जान गया हूं। मुझे आलोक की जान तुमसे कम प्यारी नहीं है। मित्र ने मेरे लिए अपना घर-बार छोड़ा, उसके लिए क्या मैं अपने प्रेम का बलिदान भी नहीं कर सकता?'

राज ने एक ठंडी सांस ली और भरे हुए हृदय से घटा को अपनी तथा आलोक की अब तक की कहानी सुना डाली।

'मुझे क्षमा कर सकेंगे आप?' घटा बोली।

'जहां तक प्रेयसी का प्रश्न है, मैं क्षमा नहीं कर सकता...।'

राज ने कहा—'हां! आलोक की पत्नी के रूप में तुम्हें क्षमा कर सकता हूं।'

'आप बड़े सहृदय हैं।'

'अच्छा अब चल रहा हूं, तुम्हारे पिता से तुम दोनों के विवाह की बातचीत करने! इसीलिए मुझे आलोक ने बुलाया भी था।'

कहकर उठ खड़ा हुआ राज। जाते-जाते कहता गया—'शायद अब तुमसे कभी भेंट न हो। स्वप्न समझ लेना इसे, जैसे हम तुम कभी मिले ही नहीं थे, जैसे यह एक करुणाजनक अधूरी कहानी थी, जो यहीं आकर समाप्त हो गई।' कहते हुए चला गया राज, खट-खट सीढ़ियां उतर गया।

नीचे ही दवाखाना था। राज ने भीखम को अलग बुलाकर कहा—'देखो काका! घटा की शादी अब कर देना ही उचित होगा।'

'शादी तो हो चुकी है भैया! परंतु बेचारी के भाग की बात है, यह विधवा हो गई।' भीखम करुण स्वर में बोला।

'बीती बात को भूल जाओ, वर्तमान पर दृष्टिपात करो! अब उसकी शादी तुम करना चाहते हो या नहीं?' पूछा राज ने।

'क्यों नहीं भैया? चाहता तो हूं, पर कोई मिले भी तो।'

'मैं यदि अच्छा वर खोज दूं तो तुम्हें पसंद आएगा?'

'आएगा, भैया! जरूर आएगा।'

'तो तुम घटा की शादी छोटे ठाकुर से कर दो।'

'छोटे ठाकुर से?' भीखम जैसे आसमान से गिरा—'यह कैसे हो सकता है, भैया! वे ठाकुर हैं, हम काछी।'

'जात-पात के झगड़े को छोड़ो, दुनिया किधर जा रही हे, वह देखो! दकियानूसी समाज की दृढ़ दीवार को हम युवक ही धराशायी कर सकते हैं। यदि हमने साहस नहीं किया तो यह समाज सड़-गल जाएगा—'विजातियों की संध्या में वृद्धि होगी और हिन्दू-धर्म हास की ओर अग्रसर होता जायेगा।'

'छोटे ठाकुर राजी हो तो?'

'वे राजी हैं!'

गदगद स्वर में बोला भीखम—'तो, मुझे क्या आपत्ति हो सकती है भैया?'

खुशी-खुशी राज आलोक के पास आया, बोला—'लो, तुम्हारा काम कर दिया। शीघ्रातिशीघ्र विवाह की तैयारी करो! मैं जा रहा हूं, शायद शादी में न आ सकूं।' आवाज भर्रा उठी थी राज की।

'तुम नहीं आओगे तो शादी का इन्तजाम कौन करेगा?'

'सारा शहर, शहर की सारी जनता, जो तुम्हारे एहसानों से दबी हुई है, वह करेगी। मेरा रहना ठीक नहीं होगा। सम्भव है पहचान लिया जाऊं और सींकचों के अंदर बंद कर दिया जाऊं। अतः मुझे रोकने की जिद् न करो। मेरी शुभकामना तुम दोनों के साथ रहेगी।' कहकर उसने आंखें फेर लीं। शायद उसकी आंखों में आंसू उमड़ आए थे।

जोगीबीर की दरी पर ही तो रहोगे न।' पूछा आलोक ने।

'नहीं, अब कुछ ठोस कार्य करूंगा, चोरों की तरह छिपकर नहीं रहूंगा...।' कहकर राज तेजी से चला गया।

# तीस

दूसरे दिन प्रातःकाल विचित्र रोगी के रूप में राज ने वैदराज के घर में प्रवेश किया।

'कई दिनों के बाद दिखाई पड़े, राज! कहां थे?' वैदराज ने पूछा।

'शहर चला गया था, आलोक से अकस्मात् मुलाकात हो गईं थी।

'छोटे ठाकुर मिले थे—?'

'हो।'

'कैसे हैं वे?'

'अब तो दवाखाना खोल लिया है। भीखम और घटा भी वहीं हैं।'

'अच्छा।'

'शहर भर में उसका नाम प्रख्यात हो गया है। पैसा पानी की तरह बरस रहा है उसके चरणों में...और इसी महीने में उसकी शादी घटा से होने वाली है।'

'शादी?' चौंक पड़े वैदराज!

'हां मामा, वे दोनों अंतर्जातीय विवाह करेंगे, मेरे विचार से प्रेम प्रधानता है और सामाजिक रूढ़ियां गौण...!

'बड़े ठाकुर की उन्हें कोई चिंता नहीं?'

'बड़े ठाकुर से उनका सम्बंध ही क्या है?' राज बोला—'सम्बन्ध, स्नेह और घनिष्ठता का द्योतक है, इन दोनों का अभाव है ठाकुर में।'

'तुम्हारे विचार से मैं सहमत हूं, परंतु ठाकुर तक यह समाचार पहुंचाना ही चाहिए...!' वैदराज बोले—'तुम जाओ, मैं भी जरा हवेली की ओर जा रहा हूं। यह निर्दयी जमींदार अगर किसी से पस्त होगा तो अपने बेटे से।'

राज चला गया।

वैदराज हवेली की ओर बढ़े।

बैठक में बैठे थे ठाकुर! चेहरा अत्यंत गंभीर एवं उदास था।

वैदराज ने मुस्कराते हुए भीतर प्रवेश किया।

'जुहार, बड़े ठाकुर!'

'जुहार वैदराज!' बड़े ठाकुर ने सिर नीचा किए हुए ही अभिवादन स्वीकार किया।

'एक खुशखबरी लाया हूं ठाकुर!'

'खुशखबरी...! कोई दिल जलाने वाली खुशखबरी होगी तुम्हारी—है न?' बड़े ठाकुर बोले।

108

'जी, गलत ख्याल नहीं है। आपके छोटे ठाकुर ने दवाखाना खोला है। भीखम और घटा भी उनके साथ हैं। इसी महीने में घटा और छोटे ठाकुर की शादी होने वाली है।'

'शादी?' चौंक उठे ठाकुर! दूसरे ही क्षण गरज कर बोले—'घटा और आलोक की शादी! क्या कह रहे हो, तुम वैदराज?'

'एकदम सच कह रहा हूं, बड़े ठाकुर!'

'वैदराज! वह चमार का बेटा मुझे तबाह करने पर तुला है क्या? मालूम होता है, मेरी सारी इज्जत-आबरू लुटाकर ही दम लेगा वह!' ठाकुर गरजे—'मैं मर जांऊगा, उसे भी मार डालूंगा मगर यह शादी न होने दूंगा।'

'जब तुम उसे अब तक पराया समझते रहे हो, ठाकुर!, फिर तुम्हारा हक ही क्या है उस पर?'

'पराया तो है ही वह वैदराज! अपना कैसे हो सकता है, आखिर वह एक चमार का बेटा ही तो है।'

'चमार का बेटा—?' वैदराज के मुख पर घृणा की कई रेखाएं उभर आयीं। आंखों के लाल डोरे क्रोध की भयंकरता को प्रकट करने लगे, फिर भी नम्र बनकर बोले—'वह चमार का बेटा नहीं है ठाकुर!'

'क्या कहते हो तुम?' ठाकुर ने दांत पीस।

'ठीक कहता हूं! वह ठाकुर का बेटा है—और वह ठाकुर तुम हो! तुम्हारा ही बेटा है, दूसरे का नहीं।'


'जुबान बंद करो, वैदराज!' पुनः गरज पड़े ठाकुर!

'यह कैसे बंद हो सकती है ठाकुर, जबकि सत्य, सत्य है। आलोक चमारिन के पेट से पैदा हुआ तुम्हारा बेटा है, तुम्हारा रक्त उसके शरीर के रक्त में मिला है।'

'वैदराज मुंह संभालकर बातें करो।'

'नहीं तो लठैतों को बुला लेंगे आप...? है न! मगर इतनी हिम्मत आप में कहां...? जो आपके कितने ही भेद अपने पेट में छिपाए हुए है, उसे अपमानित करने के लिए बित्ते भर का कलेजा चाहिए ठाकुर?'

'तुम शैतान हो वैदराज!' ठाकुर हताश वाणी में बोले।

'शैतान तुम जैसे होते हैं, ठाकुर—!' वैदराज अत्यंत उत्तेजित हो उठे—'तुमने मेरे साथ बहुत अन्याय किया है, उसे मैं भूल नहीं सकता हूं। जिस समय हम लोग निस्सहाय पानी में भीगते हुए तुम्हारे पास आश्रय मांगने आए थे, तुमने हमें कुत्ते की तरह दुत्कार दिया था। मेरे बेटे की जान भीगने से ही चली गई। वह आग मेरे सीने में अब तक सुलग रही है। जब तक

तुम्हें तड़पता हुआ न देख लूंगा, यह आग ठण्डी नहीं होगी—समझे ठाकुर!' सुनकर ठाकुर अत्यंत उद्विग्न हो उठे।

'मरते समय लाखन चमार की स्त्री ने शैतान का नाम बताया था, जिसने उसकी जवानी का जबरदस्ती उपभोग किया था। नाम सुनकर आश्चर्यचकित रह गया। आज तक उस बात को पेट के बाहर नहीं किया। लाखन भी आजन्म चुप रहा। तुमसे ज्यादा इन्सानियत तो उस नीच समझे जाने वाले लाखन में थी...।' वैदराज आज सब कुछ उगल देना चाहते थे।

ठाकुर को बहुत दिन पहले की घटना याद आ गई।

बीस वर्ष पहले की बात है—

शाम हो चली थी। पानी मूसलाधार बरस रहा था। अरहर के खेत की मेड पर से एक हट्टा-कट्टा युवक चला आ रहा था। चारों और निर्जनता थी! एक युवती पानी में भीगती हुई मेड पर घास का गट्ठर बांध रही थी। युवक ने युवती को देखा। बड़ी देर तक देखता रहा। युवती उठकर खड़ी हो गई। बोझ भारी था। युवक को आते देखकर वह बोली—'ठाकुर! जरा मेरा गट्ठर उठा दो न सरकार!'

युवक और नजदीक आ गया। भीगे हुए कपड़े युवती के अंग-प्रत्यंग से इस तरह सटे हुए थे कि उनका मादक यौवन पूर्णरूप से झलकने लगा था। जिसे देखकर युवक के शरीर में रोमांच हो आया। उसके मन में वासना जाग्रत हुई और उसने आगे बढ़कर उस युवती को अपनी गोद में उठा लिया और अरहर के खेत में घुस गया।

युवती चीख उठी। अरहर के खेत में से बड़ी देर तक उसकी चिल्लाहट आती रही, मगर उस निर्जन स्थान में उसकी चिल्लाहट कौन सुनने बैठा था? आधा घंटे बाद युवती अस्त-व्यस्त होकर बाहर आई। युवक भी निकला। वह बोला—'किसी से कुछ कहां तो बोटी-बोटी काट डालूंगा।'

युवक थे स्वयं ठाकुर दीप नारायण सिंह और युवती थी लाखन चमार की स्त्री।

जवानी के दिनों की इस घटना को स्मरण कर ठाकुर का रोम-रोम कांप उठा। उन्होंने निःश्वास ली। तो वह आलोक उन्हीं का पुत्र है?

'अपने उस बेटे की याद है तुम्हें, ठाकुर?'

ठाकुर ने निश्चेष्ट भंगिमा से वैदराज की ओर देखा।

वैदराज के मुख पर निष्ठुरता नर्तन कर रही थी।

'जो ठकुराइन के गर्भ से पैदा हुआ था और पैदा होते ही मृत घोषित कर दिया गया था और उसकी जगह पर आलोक को रख कर ठकुराइन की जान बचाई गई थी, वह बात याद है तुम्हें?'

'याद है, उस मृतक के बारे में...! क्या कहना चाहते हो आखिर तुम वैदराज?'

'कुछ नहीं, सिर्फ यह देखना चाहता था कि तुम उस शिशु को भूले तो नहीं हो, अब तो वह बीस साल का नौजवान हो चुका है।'

'क्या कहा?' आवेश में उठकर खड़े हो गए ठाकुर—क्या मतलब है तुम्हारा वैदराज?'

'बैठ जाओ ठाकुर!' क्रूरतापूर्वक हंसी हंस पड़े वैदराज—'इतने बेताब न हो ठाकुर! तुम्हारा वह लड़का मरा नहीं, अब तक जिंदा है! मेरी दवा से वह उस समय कुछ देर तक के लिए मुरदा-सा जरूर हो गया था, मगर वह पुनः जीवित हो उठा मेरी हिकमत से। मैंने लालन-पालन के निमित्त उसे शहर में अपने एक रिश्तेदार के यहां छोड़ दिया था। तुमने जो कुछ मेरे प्रति, गरीबों के प्रति अन्याय किया है, उसका उचित बदला मैंने ले लिया है, ठाकुर!'

'वह कहां है, वैदराज...? कहां है वह...? कहां है मेरा बेटा!' ठाकुर ने दीन व्यक्ति की तरह गिड़गिड़ाकर पूछा—'मैं तुम्हारे पैरों पड़ता हूं।' ठाकुर लपक कर वैदराज के पैरों पर गिर पड़े।

'उठो ठाकुर!' वैदराज निष्ठुर वाणी में बोले—'तुम उसे अभी नहीं पा सकते। पाओगे उस दिन, जिस दिन उसे लौटा लाना तुम्हारे लिए असम्भव हो जाएगा, तभी मेरा बदला उन गरीब किसानों का बदला चुकेगा, जिनके प्रति तुम राक्षस-सा व्यवहार करते आ रहे हो।' कहकर वैदराज ने हृदयबेधी अट्टहास किया और बाहर चले गए।

ठाकुर धम्म से गद्दी पर जा बैठे। आंखों से आंसुओं की धारा बह चली। जीवन में पहली बार उन्होंने मात खाई थी। अब शक्ति रहते हुए भी। वे वैदराज का कुछ भी अहित करने में अपने को असमर्थ अनुभव कर रहे थे।

'सरकार!'

ठाकुर ने सिर उठाया, देखा एक लठैत खड़ा था, घबराया हुआ।

'क्या है बिहारी?'

'सरकार गजब हो गया, हाथी पागल हो गया है। हाथीवान को उसने अपने पैरों के नीचे रखकर पीस दिया है। इधर-उधर चिंघाड़ता हुआ भाग रहा है। खेत-खलिहान उजाड़कर वीरान कर रहा है।'

'घबराओ नहीं—!' उठ खड़े हुए ठाकुर—'मेरी लाठी में बल्लम लगाकर अभी लाओ। जरा भी देर न हो।'

लठैत अन्दर गया! दो मिनट में एक लम्बी लाठी, जिसमें एक लम्बा भाला लगा हुआ था, लेकर आ पहुंचा। ठाकुर ने लाठी दाहिने हाथ में पकड़ ली।

ठकुराइन दौड़ी हुई आई और बोली—'कहां जा रहे हो तुम?'

'हाथी पागल हो गया है। बिना मेरे गए रास्ते पर नहीं आयेगा ससुरा।' बोले ठाकुर!

'आज उस पर खून सवार है, ठाकुर! महावत को चीर डाला है, तुम न जाओ, तुम्हें मेरी कसम है!'

111

'जाना ही पड़ेगा, नहीं तो प्रजा का सब कुछ बरबाद हो जाएगा।' ठाकुर गंभीर स्वर में बोले।

'प्रजा के सुख-दुख का ख्याल आज पहले-पहल तुम्हारे दिमाग में आया है?' ठकुराइन ने आश्रर्ययुक्त स्वर में व्यंग्य किया।

उन्होंने व्यंग्य पर ध्यान नहीं दिया। उन्होंने ठकुराइन की ओर देखा, मुस्कराए और आगे बढ़ चले। लठैत एवं सैकड़ों अन्य लोग भी ठाकुर के पीछे दौड़े चले जा रहे थे। ठाकुर सबके आगे थे।

कुछ दूर जाने पर हाथी की भयानक चिंघाड़ सुनाई पड़ने लगी। मालूम हुआ कि हाथी जोगीबीर की दरी के पास कहीं पर है। ठाकुर उधर ही दौड़ चले।

# इकत्तीस

जोगीबीर की दरी का पहाड़ी भाग आज कई सौ सशस्त्र पुलिस के जवानों से भर गया है। अंग्रेज पुलिस-सुपरिण्टेंडेंट भी साथ हैं, डी. काक है उसका नाम! सफेद कपड़ा पहने हुए एक खुफिया भी है साथ।

'किधर है, वह झोंपड़ी जिसमें वह फरार कैदी छिपा है?' डी. काक ने पूछा उस खुफिया से।

'वह सामने है, सर! उस बीहड़-सी झाड़ी के पीछे।'

डी. काक ने पुलिस को कुछ संकेत किया। पल-भर में पुलिस ने उस बीहड़ झाड़ी को तीन ओर से घेर लिया। झाड़ी के पीछे की ओर पहाड़ था। उसी झाड़ी के बीच में थी राज की गुप्त झोंपड़ी। दिन भर गुफा में और रात इसी झोंपड़ी में रहता था वह।

डी. काक ने पुनः संकेत किया। पुलिस ने अपनी बन्दूकों उस झाड़ी की ओर निशाना साधा। यद्यपि उस घनी झाड़ी के बीच क्या था, यह किसी को दिखाई नहीं पड़ रहा था, फिर भी डी. काक ने चिल्लाकर कहा—'झाड़ी में कौन है? बाहर निकलो!'

किसी का साहस झाड़ी को चीरकर बीच में जाने का नहीं हो रहा था। उस दुर्दान्त क्रांतिकारी से सभी भयभीत थे। स्वयं डी. काक भी।

'धांय!' रिवाल्वर छूटने की आवाज आई। डी. काक के दो सिपाही आहत होकर जमीन पर लुढ़क पड़े। गोलियां झाड़ी में से आई थीं।

'फायर!'

'कड़-कड़-कड़क दुम्म!' एक साथ सैकड़ों फायर हुए। सारा वन प्रांत भयंकर गर्जन से गुंजित हो गया।

'धांय! धांय!' पुन रिवॉल्वर की आवाज आई। आवाज के साथ ही चार सिपाही जमीन सूंघने लगे।

'फायर?' और जोर से चिल्लाए डी. काक।

'दुम्म।' सैकड़ों बन्दूकें एक साथ आग उगल उठीं।

'धांय।'

'दुम्म।'

'धांय।'

'दुम्म।'

'........।' झाड़ी में से गोलियों की बौछार समाप्त हो गईं थी।

'दुम्म।'

'.......।'

'मालूम होता है, उसके पास का कारतूस खत्म हो गया है।' डी. काक बोले—'सावधानी से आगे बढ़ो सब लोग।'

परंतु उसी समय किसी भयानक हाथी की चिंघाड़ से वन प्रांत गूंज उठा। सब चौंक पड़े। पुलिस दल ने देखा, सामने से एक विकराल हाथी सूंड ऊपर उठाये, चिंघाड़ता हुआ उन्हीं की ओर दौड़ा आ रहा है। एक अकेले क्रांतिकारी को पस्त करने के लिए आया हुआ वह पुलिस दल हाथी को देखकर पस्त-हिम्मत हो गया और उसमें अस्थिरता बढ़ गई।

'सब लोग अपनी जगह पर रहो।' डी. काक ने आज्ञा दी—'हाथी पागल हो गया है, जब इधर आए तो फायर कर देना।'

हाथी चीखता-चिंघाड़ता उनकी ओर ही दौड़ा आ रहा था। जब पांच सौ गज की दूरी पर रह गया, तो सिपाहियों ने अपनी बन्दूकें ऊंची कीं।

'खबरदार! हाथी पर गोली न चलाना, नहीं तो एक-एक को बरछे से छेद डालूंगा—!' पीछे से किसी की कठोर आवाज सुनाई पड़ीं।

डी. काक ने घूमकर देखा, ठाकुर हाथ में बरछा लिए, दौड़े चले आ रहे थे। उनके पीछे खासी भीड़ दौड़ती आ रही थी। सिपाहियों ने बन्दूकें नीची कर लीं।

ठाकुर दौड़ते हुए पास आ गए। सिपाहियों को देखकर भीड़ वहीं ठिठक गई। सांस रोके हुए डी. काक ठाकुर का अतुलित साहस देख रहे थे। भला पागल हाथी के समीप जाने की किसकी हिम्मत हो सकती थी।

ठाकुर निर्भय होकर दौड़े जा रहे थे। उधर से क्रोधोन्माद हाथी दौड़ा आ रहा था, दोनों में से कोई भयभीत न था। केवल सौ गज का फासला अब रह गया था। हाथी के रंग-ढंग बकरे नजर आ रहे थे।

'लौट आओ ठाकुर!' भीड़ चिल्लाई—'भागकर अपनी जान बचाओ।'

मगर ठाकुर ने जैसे सुना ही नहीं। हाथी एकदम पास आ गया था। हाथी सूंड ऊपर उठाकर, चिंघाड़ता हुआ ठाकुर की ओर दौड़ा। ठाकुर ठिठक गए। भाले वाला हाथ ऊंचा किया और गरज कर बोले—'ठहर जाओ, बहादुर! कहता हूं, ठहर जाओ।'

हाथी ने सुना ही नहीं। पास आकर जोर से चिंघाड़ मारी। ठाकुर का बरछे वाला हाथ तेजी से आगे बढ़ा। पलक मारते भर में लम्बा बरछा हाथी के मस्तक में पूरा का पूरा घुस गया।

क्रोधोन्मत हाथी ने ठाकुर को सूंड में लपेटकर ऊपर उठा लिया। भीड़ हाहाकार कर उठी। सिपाहियों ने अपनी आंखें मूंद लीं।

'फायर! हाथी पर फायर करो।' गरजे डी. काक।

सिपाहियों ने आंखें खोलकर बन्दूकें सीधी की और घोड़ों पर उंगली रखी ही थी कि एक कड़कड़ाती आवाज वातावरण में गूंज गई।

'खबरदार! गोली न चलाना, हाथी काबू में आ गया है।'

लोगों ने आश्चर्य के साथ देखा कि ठाकुर उन्मत्त हाथी की गर्दन पर सवार है और हाथी भीगी बिल्ली की भांति उन्हें लिए हुए आगे बढ़ा जा रहा है। उनकी उन्मत्तता, उग्रता अब शांत हो गई थी।

पास आकर ठाकुर ने बैठने का इशारा किया। वह चुपचाप बैठ गया। ठाकुर नीचे उतरे तो वह, फिर खड़ा हो गया। भीड़ में से एक आदमी जंजीर ले आया। ठाकुर ने स्वयं अपने हाथों से हाथी के पैरों में जंजीर डाल दी। हाथी चुपचाप खड़ा रहा।

'आप इतने सिपाहियों को लेकर यहां क्यों आए हैं?' ठाकुर ने डी. काक से पूछा। वैदराज भी भीड़ में से निकलकर ठाकुर के पास चले गये।

'जेल से भागा हुआ एक क्रांतिकारी यहीं गुप्त रूप से रहता है, उसे ही पकड़ने आए हैं हम।' डी काक ने उत्तर दिया।

'आप जानते हैं कि यह मेरी जमींदारी है। आपने मुझे खबर तक नहीं की।'

'यह गलती जरूर हुई है, मगर डर यह था कि देर होने से कहीं वह भाग न जाए।' डी. काक बोले।

'कहां है वह क्रांतिकारी?' पूछा ठाकुर ने।

'इसी झाड़ी में एक झोंपड़ी है, उसी में वह रहता है।' डी. काक ने कहा।

'मैं देखता हूं उसे...।' कहकर ठाकुर झाड़ी की ओर बढ़े।

'आप उसके नजदीक न जाएं, रिवाल्वर है उसके पास।' कहकर डी. काक ने ठाकुर का हाथ पकड़ लिया।

'रिवाल्वर से आप भय खा सकते हैं, मिस्टर काक! पर ठाकुर नहीं।' ठाकुर ने गर्दन ऊंची कर शान से कहा।

'ठाकुर साहब! इतना गाफिल होना खतरनाक होगा...।' डी. काक बोले—'हमारी सैकड़ों की फौज उस एक आदमी का कुछ भी न बिगाड़ सकी और उसने जो फायर किए, उससे मेरे छह आदमी काम आ चुके हैं।'

'ठाकुर ने जीना सीखा है, तो मरना भी जानता है, मिस्टर काक!' कहकर ठाकुर झाड़ी में घुसे पड़े।

निर्भय राज बीच झाड़ी में खड़ा था। भाग निकलने के लिए परिस्थितियों पर विचार कर ही रहा था कि ठाकुर अकस्मात उसके सामने आकर खड़े हो गए।

'तुम...?' उसे देखकर ठाकुर चौंक पड़े—'तुम क्रांतिकारी हो।'

'हां।' राज ने सीना तानकर स्वीकार किया।

'मेरे साथ आओ।' ठाकुर ने कहा।

‘ठाकुर साहब...।’ वह गरजा—‘मैं चाहूं तो आपको शूट कर अभी निकल भाग सकता हूं, पर ऐसा करूंगा नहीं—! क्योंकि आप मेरे ऐसे मित्र के पिता हैं, जिसके लिए मेरे प्राणों का कोई मूल्य नहीं। मेरा निकल भागना, आपको तबाह कर देगा। पुलिस के ये कुत्ते, आपको कभी क्षमा नहीं करेंगे।’

वह उसके पीछे-पीछे इस तरह झाड़ी से बाहर आया जैसे किसी ने इच्छाशक्ति का प्रयोग कर, उसे वश में कर लिया हो।

‘यह लीजिए, आपका आसामी!’ ठाकुर ने डी. काक से कहा।

डी. काक ने आगे बढ़कर राज के हाथों में हथकड़ी भर दी।

सिपाही उसे घेरकर खड़े हो गए।

वैदराज अब तक चुपचाप खड़े थे। अब दौड़कर ठाकुर के पास आये और व्यंग्यात्मक स्वर में बोले—‘ठाकुर! डाकू पकड़ने में तुम बहुत माहिर हो! जानते हो यह युवक कौन है, जिसके नाम से पुलिस भी कांपती है?’ ठाकुर के कान के पास मुंह ले जाकर उन्होंने कहा—‘यह तुम्हारा ही बेटा है।’

‘नहीं! कौन है यह?’

‘तुम्हारा और ठकुराइन का बेटा...।’ वैदराज घृणायुक्त हंसी हंसते हुए बोले—‘यही है वह मृत बालक, जिसकी जगह तुम्हारे ही पाप-पुत्र ने ले रखी है—! ये बातें बहुत धीरे-धीरे और सबसे अलग हटकर हो रही थीं, जिन्हें कोई सुन नहीं सकता था।

‘यही है? यही है वैदराज?’

‘हां, यही है वह, राज नाम है इसका।’

ठाकुर की आंखों में पानी भर आया। वे राज की ओर बढ़े।

‘बेटा राज।’

राज आश्चर्यचकित था। वह रहस्य से एकदम अनभिज्ञ था। ठाकुर के प्रति उसके हृदय में असीम घृणा तथा विद्वेष का भाव था। ठाकुर को अपने नजदीक देखकर वह गरज कर बोला—‘दूर रहो, निर्दयी, शैतान कहीं के, पास न आना, नहीं तो हाथ में पड़ीं हथकड़ी से तुम्हारी खोपड़ी तोड़ दूंगा। गरीबों को सताने वाले नर-पिशाच का बेटा कहलाने के पूर्व मैं इस दुनिया से उठ जाना चाहूंगा। तुम्हारे जैसे गद्दारों से ही तो जननी-जन्मभूमि त्राहि-त्राहि कर रही है?’ क्रोध से हांफने लगा राज!

ठाकुर ने अपनी आंखें मूंद लीं। सिर पकड़कर बैठ गए। वैदराज पास आकर बोले—‘देखा ठाकुर, यह है तुम्हारा बेटा! कितना साहसी, कितना वीर और कितना विशाल है इसका हृदय, तुम्हारे पास रहता, तो तुम जैसा निर्दयी होकर रह जाता। आज गौर से देखो उसे वह पुलिस के लिए आतंक है, जनता उसकी पूजा करती है, देश का यह सच्चा लाल है। भयानक क्रांतिकारी

है यह तुम्हारा बेटा! तुम्हारी सात पुश्त की कलंक-कालिमा धुल गई, ठाकुर!' कहकर वैदराज जोरों से हंस पड़े।

'चुप रहो, वैदराज! मुझे पागल न बनाओ, बहुत दुख दे चुके हो, तुम। ऐसा न कहो कि मैं बेकाबू होकर तुम्हारा गला दबा दूं।' गरज पड़े ठाकुर!

भयानक अट्टहास किया वैदराज ने, अट्टहास सुनकर, उपस्थित पुलिस दल और उनके अधिकारी भी आश्चर्यचकित रह गए।

पुलिस राज को लेकर आगे बढ़ी। राज की कमीज के बटन के होल में कोकाबेली के फूल लगे हुए थे। उसे निकालकर उसने वैदराज को देते हुए कहा—'आलोक और घटा की शादी में मेरा यह तुच्छ उपहार उन्हें दे देना, मामा!'

सिपाहियों की टोली उस वतन के दीवाने युवक को लेकर आंखों से ओझल हो गई।

ठाकुर जीवन में आज दूसरी बार सुबक-सुबक कर रो रहे थे।

यहां केवल तीन प्राणी थे—ठाकुर, वैदराज और हाथी। ठाकुर शीघ्रता से हाथी पर जा बैठे और वैदराज को पीछे बैठने का संकेत किया।'

वे निस्संकोच आकर उनके पीछे बैठ गए।

हाथी इशारा पाते ही उठ खड़ा हुआ और झूमता हुआ हवेली की ओर चल पड़ा।

'भीखम शहर में कहां रहता है, जानते हो वैदराज?' पूछा ठाकुर ने। उनका स्वर आर्द्र था।

'जानता हूं।'

'तुम आज ही उसके पास चले जाओ और उससे कह देना कि मैंने उसे बुलाया है। आलोक और घटा को कुछ न मालूम हो!'

'बहुत अच्छा!' वैदराज ने कहा।

ठाकुर ने दिल भर न कुछ खाया, न पिया। उनकी आंखों में न जाने कहां की करुणा साकार हो उठी थी। ठाकुर का पहाड़ सा शरीर एक दिन में ही मुरझा गया था। आंखों के चारों और झुर्रियां पड़ गई थीं। वे बैठक में व्यग्रता से टहलते रहे। एक क्षण के लिए भी गद्दी पर न बैठे। रात को बिस्तर पर पांव तक नहीं रखा।

प्रातःकाल हो गया था। अब भी ठाकुर बैठक में टहल रहे थे। इसी समय लठैत ने भीतर प्रवेश किया।

'आया वह?'

'जी सरकार! बाहर खड़ा है—!' लठैत ने उत्तर दिया।

'भेजो उसे!'

लठैत चला गया। भीखम अन्दर आया। अब वह गांव का पद दलित भीखम न था। शुभ्र परिधान धारण किए हुए वह शहराती जैसा मालूम पड़ता था।

'जुहार हो बड़े राजा!'

'जुहार भीखम चौधरी!' ठाकुर ने चुभती दृष्टि से भीखम को देखा।

भीखम को लगा जैसे उनकी आवाज भर्राई हुई है, उनके स्वर में पहले की-सी वह तीव्रता नहीं रह गई, जैसे उनके शुष्क नेत्रों के पीछे आंसुओं का अगाध सागर छिपा है।

'विश्वास नहीं था, भीखम चौधरी कि तुम आओगे।' अब ठाकुर गद्दी पर बैठ गए थे।

'भला बड़े ठाकुर का हुक्म मिले और मैं न आऊं? ऐसी हिमाकत कैसे कर सकता हूं—।' भीखम नम्रतापूर्वक बोला।

ठाकुर का व्यवहार उसे आज बहुत गम्भीर मालूम हुआ।

'अब बड़े ठाकुर न कहो, चौधरी! ठाकुर कहो...ठाकुर! अब छोटे ठाकुर रहे ही कहां? उस पर अब मेरा अधिकार ही कहां रह गया! अब तो वह तुम्हारे हैं।'

'ऐसा न कहो, बड़े राजा! भला हम लोग आपकी सीमा से कहीं बाहर हैं? क्या हुक्म है...? कहिए!' भीखम बोला।

ठाकुर धीरे से शुष्क हंसी हंस पड़े—'मेरे हुक्म की अब कीमत ही क्या रही, चौधरी?' ठाकुर उठकर पुनः टहलने लगे—'सुना है, इसी महीने आलोक की शादी होने वाली है?'

सुनकर कांप उठा भीखम।

'घटा और आलोक की जोड़ी तुम्हें भी पसंद आ गई है, चौधरी? देश-जाति की कुछ भी परवाह न की तुमने?' ठाकुर के स्वर में एकाएक तीव्रता आ गई।

‘दुहाई बड़े ठाकुर की! इसमें मेरा कुछ भी कसूर नहीं। सब कुछ छोटे ठाकुर की राय से हो रहा है, राजा।’ भीखम निर्भयतापूर्वक बोला।

‘छोटे ठाकुर और घटा तो अभी जवान हैं, नासमझ हैं, मगर तुम तो बूढ़े हो चले हो चौधरी? सात पुश्त तक में कभी ऐसा हुआ था तुम्हारे? कभी ठाकुर और काछी में शादी-ब्याह की बातचीत सुनी?’

‘अब तो सब कुछ हो रहा है, ठाकुर!’ व्यंग्यात्मक स्वर में बोला भीखम।

‘हो रहा है सब कुछ!’ ठाकुर उपेक्षा से बोले—‘मेरी इज्जत पर पानी फेर दिया तुम लोगों ने। याद रखना, भीखम चौधरी! मैं सर्वनाश कर दूंगा, मगर यह शादी नहीं होने दूंगा।’

भीखम का शरीर अज्ञात भय से सिहर उठा।

ठाकुर पुनः गद्दी पर जाकर बैठ गए। शांत भाव से बोले—‘भीखम चौधरी! शायद तुम्हें याद होगा कि तुमने एक हजार रुपए मेरे पास धरोहर रखे थे।’

‘उसकी चर्चा न चलाओ ठाकुर! मैं पाई-पाई पा चुका हूं।’

‘पा चुके हो? मेरी तरह झूठ कब से बोलना सीखा तुमने, चौधरी?’

ठाकुर ने अपनी तिजोरी खोली। एक थैली भीखम के आगे रखकर बोले—‘ब्याह-शादी कर रहे हो। रुपये की जरूरत पड़ेगी, चौधरी! दस हजार हैं इस थैली में, एक हजार तुम्हारी धरोहर और नौ हजार में घर का हरजाना और शादी का खर्चा।’

भीखम ने चौंककर ठाकुर की ओर देखा, ठाकुर शांत थे। उनके मुख पर न हास्य था, न करुणा और न क्रोध। भीखम बोला—‘इतना न दबाओ ठाकुर! बहुत नमक खाया है तुम्हारा।’

‘तुम्हारी जगह-जमीन सब तुम्हें वापस करता हूं, चौधरी एक अच्छा-सा मकान बना लो। किराये के मकान में शादी करना ठीक नहीं।

भीखम ने आश्चर्यचकित मुद्रा से ठाकुर की ओर देखा। उसे अपने कानों पर विश्वास ही नहीं हो रहा था कि ठाकुर आज इतने उदय कैसे हो गए?

जो कुछ भी हो, उसे विश्वास करना ही पड़ा, ठाकुर के मुंह से अपनी जमीन वापस पाने की बात सुनकर उसे परम हर्ष हुआ।

‘अगले सोमवार से घर बनाने का काम शुरू हो जाना चाहिए।’ ठाकुर बोले—‘मुझे विश्वास है कि तुम मेरा कहां टालोगे नहीं और पहले की तरह गांव में रहने लगोगे।’

‘जरूर आऊंगा सरकार! किसान के पास जब तक जमीन रहे, वह दूसरी ओर ताकेगा भी नहीं...! मगर यह रुपया रख लो, सरकार!’

‘चुप रहो!’ ठाकुर की आवाज एकाएक तीव्र हो गई—‘मेरी इज्जत तो ले ही रहे हो, अब क्या मेरा ईमान भी लेने का इरादा है तुम्हारा?’

‘सम्पत!’ ठाकुर ने पुकारा। लठैत तुरंत आ उपस्थित हुआ।

‘देखो! चौधरी के पास रुपये हैं। इनके साथ जाकर उन्हें शहर तक पहुंचा आओ।’ आज्ञा देकर ठाकुर अंदर चले गए।

भीखम कुछ भी कहने की स्थिति में नहीं रह गया था।

आलोक के कुछ मित्र, जिसके ऊपर आलोक ने अपनी शादी के प्रबन्ध का कुल भार दे रखा था, वे सभी बैठे थे। आलोक और भीखम भी उपस्थित थे।

‘ठाकुर का कुछ भेद न मिल सका—।’ भीखम बोला—‘उन्होंने मेरे रुपए, जगह-जमीन सब लौटा दी है। बहुत-सी अन्य बातें भी हुईं, मगर मैं यह न समझ सका कि वे खुश हैं या नाराज।’

‘मेरी राय तो यह है—!’ एक मित्र ने कहा—‘जब ठाकुर ने आपकी जगह-जमीन लौटा दी है और घर बनवाने के लिए काफी रुपए भी दे दिए हैं, तो आप गांव में एक अच्छा-सा घर बनवाना शुरू कर दें। घर बन जाने पर घटा को लेकर वहीं रहे और वहीं से शादी हो। आलोक इसी मकान में रहेगा और यहीं से बारात जाएगी।’

‘हां! यह ठीक है।’ सब मित्रों ने एक स्वर से समर्थन किया।

दूसरे दिन भीखम गांव लौटा गया। मजदूर लग गए। बखरी बनने लगी। इस बीच ठाकुर ने न तो कभी भीखम को बुलवाया और न तो स्वयं आए। पता लगा कि उनकी तबीयत आजकल खराब रहती है।

शीघ्र ही एक अच्छी बखरी बनकर तैयार हो गई। घटा और भीखम अब उसी में रहने लगे। भीखम शादी का सामान जुटाने लगा और आलोक के मित्रगण भी शादी के प्रबन्ध में जी-जान से जुट गए। शादी की तिथि निश्चित हो गई। निमन्त्रण पत्र बांट दिए गए।

जिस दिन से राज गिरफ्तार हुआ, ठाकुर ने कभी ठीक से भोजन नहीं किया। आधा पेट खाकर बैठक में टहलते रहते। चारपाई पर तो मुश्किल से कभी लेटते। कभी-कभी दो-दो दिन बिना अन्न-जल के बिता देते। ठाकुर की पेड़ के तने-सी काया सूखकर टहनी हो गई थी।

ठाकुर चारपाई पर गिरे तो, फिर उठे नहीं। उनकी हालत दिन-पर-दिन खराब होती गई। कभी-कभी तो उन पर जैसे खून सवार हो जाता था। रह-रहकर प्रलाप करने लगते थे।

उस दिन चारपाई पर ठाकुर चुपचाप लेटे थे। वैदराज आए, धीरे से चारपाई पर बैठ गये— ‘कैसी तबीयत है, बड़े ठाकुर?’ पूछा उन्होंने।

‘तबीयत की क्या पूछते हो, वैदराज? जी अब ऊब गया है, इस जीवन से।’

‘अब तो अपने पराये का ध्यान छोड़ो, ठाकुर...! आलोक को अपनाकर, मुंह में आग देने वाले का प्रबंध कर लो।

‘अपने-पराये का सवाल तो मेरी जिंदगी के साथ जाएगा, वैदराज! तुमने मुझे बहुत तड़पाया!’ ठाकुर अधिक बोलने के कारण हांफने लगे।

‘आज आलोक की शादी है ठाकुर!’

'शादी!' चौंककर उठ बैठे ठाकुर—'शादी है आज?'

'हां...!' वैदराज ने कहा—'भीखम के घर खूब साज-सजावट है। बारात अब आ ही रही होंगी। फूल-फुलवारी, आतिशबाजी—सब कुछ है, ठाकुर!'

'सब कुछ है! बहुत खुशी की बात है वैदराज! परंतु एक तरफ बरबादी और दूसरी ओर शादी का एक विचित्र संगम है।' ठाकुर अस्त-व्यस्त स्वर में बोले।

उसी समय—

दूर से बाजों की गूंज सुनाई पड़ने लगी।

आलोक की बारात लेहटा गांव की सीमा पर आ गई थी। उस समय शाम हो चली थी।

'वह देखो आतिशबाजी, ठाकुर!' वैदराज ने हर्षोत्फुल होकर कहा।

ठाकुर ने देखा, अनगिनत छोटी-बड़ी रंग-बिरंगी चिनगारियां आकाश पर छिटक रही थी। ठाकुर को लगा जैसे उनके दिल के शत-शत खण्ड होकर आकाश पर अग्नि-स्फुल्लिंग की तरह छिटक रहे हैं।

दूसरे क्षण उनका शरीर चेतनाहीन हो चारपाई पर लुढ़क पड़ा। वैदराज ने दवा दी, परंतु तीन घंटे के पहले उन्हें होश न आ सका।

दूसरे दिन प्रातःकाल!

ठाकुर की तबीयत ठीक न थी। चारपाई पर निश्चेष्ट लेटे हुए थे। एक लठैत को पुकारा। लठैत आया तो उससे उन्होंने पूछा—'उधर का क्या हाल है, सम्पत?'

'किधर का हाल, सरकार?' लठैत कुछ समझ न सका।

'उधर का...?' उत्तेजित हो उठे ठाकुर—'भीखम के घर का!'

'कल छोटे ठाकुर की शादी हो गई सरकार!!'

'हो गई...? हो गई शादी!' बहुत उत्तेजित हो उठे ठाकुर!

आवेश में चारपाई पर से उठ खड़े हुए, परंतु शिथिलता के कारण गिर पड़े।

'पानी...।'

एक लठैत अन्दर जाकर नींबू का शरबत ले आया ठाकुर ने शरबत पीकर कुछ शांति का अनुभव किया।

'सम्पत!'

'जी सरकार...।'

'मेरी मिर्जई पहना दे।'

लठैत ने देखा ठाकुर का चेहरा क्रोध एवं आवेश से लाल हो रहा है। उसने चुपचाप मिर्जई लाकर उन्हें पहना दी। ठाकुर चारपाई पर से उठ खड़े हुए। पैर कांपे, मगर पुनः संभल गए।

'मेरी लाठी लाओ, सम्पत!'

लठैत अंदर जाने लगा।

'सुनो।' ठाकुर ने उसे रोका—'उसमें बरछा भी लगा लाना। तुम लोग भी तैयार हो जाओ, अपनी लाठियों में बरछे लगा लो?'

लठैत चुपचाप भीतर चला गया।

'कहां जाओगे, ठाकुर?' ठकुराइन दरवाजे पर खड़ी थीं।

ठाकुर प्रज्ज्वलित नेत्रों से ठकुराइन की ओर देखकर बोले—'खून करने का इरादा है ठकुराइन! बहुत दिनों से मेरे भाले को खून का स्वाद नहीं मिला...आज जी भरकर इसे खून पिलाऊंगा।'

'अनर्थ न करो ठाकुर! वह भी अपना ही लड़का है।'

'वह चमार का लड़का है, ठकुराइन! अपना लड़का होता तो ऐसा न करता!'

लठैत ठाकुर की लाठी ले आये। एक लम्बा बरछा लगा था उसमें।

ठाकुर ने लाठी पकड़ ली।

'तुम लोग तैयार हो?' पूछा उन्होंने।

'जी सरकार! हाथी भी तैयार है।'

'हाथी की जरूरत नहीं, आओ मेरे पीछे-पीछे!' घूम पड़े ठाकुर!

हाथ में लम्बा बरछा लिए हुए आगे-आगे ठाकुर चले जा रहे थे और उनके पीछे-पीछे बरछा धारी पांचों लठैत।

महफिल जमी थी। वाद्य और संगीत से वातावरण रसमय हो रहा था। आलोक तथा अन्य मित्रगण आनन्द-विभोर थे। घबराए हुए वैदराज ने वहां प्रवेश किया। आलोक और भीखम को बुलवाया उन्होंने।

एकांत में आकर बोले—'छोटे ठाकुर! गजब होना चाहता है। बड़े ठाकुर पागल से हो गये हैं। वे और पांचों लठैत बरछा लेकर इधर ही लपके आ रहे हैं।'

'अब क्या होगा?' भीखम घबराई हुई आवाज में बोला—'ठाकुर को रोकने का ताब किसमें है?'

'मुझमें है!' दृढ़तापूर्वक आलोक बोला।

'क्रोधित ठाकुर के नजदीक तुम्हारा जाना ठीक नहीं छोटे ठाकुर!' वैदराज बोले—'इस समय अनर्थ करके ही दम लेंगे बड़े ठाकुर!'

'वे मेरे पिता हैं!' आलोक ने कहा—'मैं जाऊंगा। पिता कैसा भी क्रोधी न हो, बेटे के कलेजे में बरछा नहीं मार सकता। तुम लोग चुपचाप मेरे पीछे आओ। किसी को कुछ मालूम न हो।'

आलोक तेजी से उस ओर बढ़ा, जिधर से क्रोधित ठाकुर शीघ्रता से पैर बढ़ाते हुए चले आ रहे थे। वैदराज और भीखम आलोक के पीछे-पीछे दौड़े, ठाकुर ने दूर से ही आलोक को आते देखा। उनकी आंखों में खून उतर आया।

आलोक पास आ गया था। ठाकुर ने अपना बरछा ऊंचा किया। आलोक दौड़कर ठाकुर के पैरों पर गिर पड़ा। ठाकुर चिल्लाए—'दूर हो, दूर हो कुल-कलंकी!'

आलोक न उठा, पैरों से चिपका रहा। ठाकुर का बदन कांप उठा। शिथिलता की एक लहर सी उनकी रग-रग में दौड़ गई। हाथ कांप उठे। बरछा छूटकर गिर पड़ा। हृदय की हिंसक प्रवृति हवा के साथ उड़ चली। झुककर उन्होंने आलोक को उठा लिया। दूसरे ही क्षण लोगों ने देखा कि पिता और पुत्र अपने-पराये का विचार त्यागकर एक-दूसरे से लिपटे हुए हैं। ठाकुर का बदन कांप रहा था, आंखों से आंसू बह रहे थे, होंठों पर अर्ध-प्रस्फुटित मुस्कराहट खिल उठी थी। लठैत चुपचाप पीछे खड़े थे।

'वैदराज!' ठाकुर ने भर्राए गले से पुकारा।

वैदराज चुपचाप आगे बढ़ आये। उनके नेत्रों से प्रेमाश्रु बह रहे थे।

'मैं बहुत कमजोर हो रहा हूं वैदराज, मुझे सहारा दो।' ठाकुर ने कहा।

वैदराज ने आगे बढ़कर उनका बोझ अपने कंधे पर संभाल लिया।

'ठकुराइन को खबर कर दो, वैदराज...! घर में खूब सजावट करें। बहू हवेली में जाएगी।'

लठैतों में हर्ष उमड़ पड़ा। वैदराज तो नहीं, लठैत ही हवेली की ओर दौड़ चले।

'भीखम चौधरी।' ठाकुर ने पुकारा।

भीखम दौड़कर ठाकुर के पैर छूने चला तो ठाकुर ने खींचकर उसे छाती से लगा लिया— 'माफ करना, समधी! कल तबीयत बहुत खराब थी, इसलिए बारात में नहीं आ सका। पागलपन में जो भूल हो गई, उसे क्षमा करो समधी।'

भीखम ने उनके मुंह पर हाथ रख दिया।

सब लोग भीखम के घर आए। ठाकुर को इज्जत के साथ एक कमरे में बैठाया गया। थोड़ी ही देर में घूंघट काढ़े हुए घटा वहां आई और ठाकुर के पैरों पर अपना सिर रख दिया।

ठाकुर ने मिर्जई की जेब से सोने की ग्यारह गिन्नियां निकालकर घटा के हाथ पर रख दीं। बोले—'उठो बिटिया...! आज मैं अपना रक्त मांस तुम्हें सौंपकर सारी चिंताओं से मुक्त हो रहा हूं। इसे—मेरी इस धरोहर को, अपनी जान देकर भी सुरक्षित रखना।'

बाहर शहनाई की मधुर ध्वनि अब भी गूंज रही थी।

# तैंतीस

जेल में एकाएक चुस्ती-सी नजर आने लगी। राज ने चौंककर अपनी तनहाई की कोठरी के जंगले की ओर देखा—देखकर उसकी भवों पर बल पड़ गए। जेलर के साथ, क्रांतिकारियों का जानी दुश्मन डी. काक फौजी चुस्ती से चला आ रहा था।

'मिस्टर राज!'

'व्यर्थ समय नष्ट कर रहे हो मिस्टर काक!' राज ने खूनी आंखों से उसकी ओर देखा—'बीसों बार कह चुका हूं कि ठाकुर से मेरा कोई सम्बंध नहीं।' कहकर उसने मुंह, फिरा लिया।

डी. काक के अधरों पर मुस्कान फिसली—'चलो, माने लेता हूं, लेकिन छोटा ठाकुर आलोक तो तुम्हारा दोस्त है न?'

'नहीं।' राज ने मुंह, फिराए हुए ही कह दिया।

'देखो मिस्टर राज, तुम्हारे जैसे क्रांतिकारी कहे जाने वाले छोकरों का मैं 'किलर' माना जाता हूं। तुम क्या हो, इसे जितना मैं जानता हूं, उतना शायद खुद तुम भी नहीं जानते होगे।'

'चुप रहो, डी. काक!' राज तड़प उठा—'सरफरोशी की तमन्ना अपने दिलों में संजोए भारत मां के नौनिहालों को अभी तुमने रंचमात्र भी नहीं पहचाना है। भारत मां के नौनिहालों का लहू ज्वालामुखी बनकर भड़केगा और तुम अंग्रेजों को भस्म कर देगा वह दिन दूर नहीं.......चले जाओ मेरे सामने से—।' कहकर वह कोठरी के कोने की ओर बढ़ गया।

'ठीक है, फिलहाल चलता हूं...तुम्हारी यह सरफरोशी वाली बकवास, कायम नहीं रहेगी, कहे देता हूं—।' डी. काक जेलर के साथ आगे बढ़ गया।

राज ने घृणा से कोठरी के कोने में थूक दिया। उसका मन आज बहुत अशांत था—रह-रहकर आलोक, घटा, बड़े ठाकुर और वैदराज मामा की स्मृतियां घुमड़ती थी और उसकी चेतना डूबती-खोती जा रही थी।

तनहाई की इस काल-कोठरी में शायद बीस-बाईस दिन हो गए। समय को पकड़ सकने का कोई साधन भी तो नहीं है उसके पास, एक घड़ी थी, जिसे जोगीबीर पर गिरफ्तारी के समय, हथकड़ी डालते वक्त उस इंस्पेक्टर ने झटक ली थी।

जाने किन-किन कठिनाइयों को पार करने के बाद, वैदराज मामा जेल में उससे मिलने का इंतजाम कर पाए थे। हमेशा की तरह वे उस दिन भी गम्भीर थे।

'राज, क्या हाल है बेटा?' उनके स्वर में कम्पन था। आंखें डबडबा आई थीं—'हमारी सारी कोशिशें बेकार गईं। गांव में तुम्हारी गिरफ्तारी को लेकर डी. काक ने बहुत-बहुत जुल्म ढाए...। बड़े ठाकुर आलोक...मैं...हां, मैं भी...उसकी निगाहों से बच नहीं सका...।'

सुनकर उसने एक गहरा निश्वास लिया। एकाएक उसके मुंह से निकल गया—'आलोक मेरा भाई है...सगा भाई है न मामा?'

वैदराज चौंके बोले—'यह...यह तू क्या कह रहा है राज।'

'मामा, जितना भोला और बेवकूफ आप सबने मुझे समझा था, वैसा मैं हूं नहीं। क्रांति की आग में तपकर मेरा तन...मन...इस्पात बन गया है। मेरे जीवन की वास्तविक कथा, किस कारणवश आपने...?'

'राज...!'

वह हंस पड़ा था—'घबराओ मत मामा...आपने मेरे जीवन की कथा पर जो आवरण—रहस्य का आवरण डाल रखा है, उसे मैं चाहकर भी निवारण न कर सकूंगा...अभी वह समय नहीं आया है...शायद कभी आये भी नहीं। अब आप जाइए.....डी. काक जेल ही में है। उस कुत्ते से अपने को बचाकर रखिएगा...।'

'राज, अंग्रेजी-राज के विरुद्ध, तुम लोगों ने जो लड़ाई छेड़ रखी है...जो खून बहा है और बहाये जा रहे हैं...।'

'मामा, बस करो। इतना भर याद रखो कि हमारी लड़ाई, मात्र लड़ाई नहीं है। वह तो परतंत्रता की बेड़ियों में जकड़ी भारत माता की अर्चना है...अब आप जाइए। जेल में मुझसे मिलने की कोशिश कर अंग्रेजों से के खूनी कुत्तों की निगाहों में पड़ने की कोई जरूरत नहीं। डी. काक अपने को हम क्रांतिकारियों का 'किलर' कहता है न....उसके दिन अब पूरे हो गए हैं। मातृभूमि की अर्चना में बहे, एक-एक बूंद लहू का बदला इन अंग्रेजों को चुकाना ही होगा, जेल की ये दीवारें, हमारे लिए नहीं—बस, अब कुछ भी अधिक कहने-सुनने की जरूरत नहीं।' वैदराज कुछ कहने को हुए थे, लेकिन उसने उन्हें रोक दिया था।

'समय हो गया—।' तभी दूर खड़े जेल के जमादार की कड़कती हुई आवाज सुनाई दी।

'एक बात बाताओगे मामा?' सुनकर मुड़ गए वैदराज, पलटे तो उसने पूछा—'घटा सुखी तो है न?'

'हूं—।' वैदराज के गले में स्वर जैसे फंस-सा गया—'आलोक-घटा से कुछ कहना है?' पूछा वैदराज ने।

'न—नहीं। कहना भी होगा तो मैं खुद—।' कहकर उसने मुंह, फिरा लिया।

वैदराज चले गए, तब से उनकी, गांव की, कोई खबर राज को नहीं मिल पाई थी।

उसी समय—

'क्या सोच रहे हो राज?' आवाज आई।

उसने चौंककर देखा। जंगले के बाहर अंधेरे में काले कम्बल से अपने को ढके हुए एक मनुष्याकृति खड़ी थी।

राज जंगले के पास आ गया।

'आप—।'

'बेकार की बातें नहीं। समय बहुत कम है। जेलर और डी. काक के बंगलों पर एक साथ ही बम विस्फोट हुए हैं—जेलर और पुलिस के चार जवानों के चिथड़े हो गये—अफसोस, डी. काक बच गया—अस्पताल में जिंदगी और मौत के बीच झूल रहा है। तुम तैयार हो?'

'मैं....मैं...।' राज आवेग से हकला-सा गया।

'जेल और पुलिस की हथकड़ी का लाभ उठाकर तुम्हें बाहर हो जाना है....च' का आदेश है—।' मनुष्याकृति जंगले से सट गईं और फुसफुसा कर कुछ कहने लगी।

मनुष्याकृति के हाथ जंगले के उस बड़े-से ताले से उलझे थे।

दूर कहीं बम फटने का-सा धमाका हुआ और जेल में हलचल-सी मच गई। चीख-चिल्लाहट के साथ, धांय-धांय...रायफलों-रिवॉल्वरों की आवाजें गूंजने लगीं। जेल में चारों और भगदड़ सी मच गई। इसी भगदड़ का लाभ उठाकर राज उस मनुष्याकृति के साथ जेल की दीवार फांदकर भाग निकला।

चबूतरे पर खड़े बड़े ठाकुर दातुन कर रहे थे। सामने से वैदराज को लपकते हुए आता देख चौंक पड़े।

'बात क्या है वैदराज?'

'गजब...गजब हो गया ठाकुर...नैनी सैन्ट्रल जेल, बम के धमाकों से तहस-नहस हो गया और....और आपका राज....जेल से निकल भागा....।'

सुनकर बड़े ठाकुर के पैर कांपने लगे और वे लड़खड़ा से गए, हाथ का दांतुन चबूतरे पर गिर पड़ा—'कहते क्या हो वैदराज...मेरा राज...।'

'जी हां, आपका राज, नहीं तो क्या मेरा राज...।' कहकर वैदराज ने एक मुड़ा-तुड़ा अखबार खोलकर उनके सामने कर दिया—'घबरा क्यों रहे हो ठाकुर राजा...तुम्हारे उस नर-शार्दूल बेटे राज के नाम से देश की हवा तक सनक-सी गयी है...समझे कि नहीं? अंग्रेजी राज का तख्ता हिल उठा है...देख रहे हो न? राज का कितना बड़ा फोटो छपा है। अखबार के पहले पन्ने पर...सरकार ने उसकी जिन्दा या मुर्दा गिरफ्तारी पर पचास हजार का इनाम...अरे, अरे! यह...यह तुम्हें क्या हो गया ठाकुर...।' वैदराज ने लपककर बड़े ठाकुर को अपनी बांहों में सम्भाल न लिया होता तो वे चबूतरे के नीचे गिर पड़े होते।

'तुम...तुम शैतान से कम नहीं हो वैदराज...।' बड़े ठाकुर ने करुण स्वर में कहा—'मुझ अभागे को इस तरह तड़पाने में आखिर तुम्हें क्या मिल जाता है.....?'

'यह तुम खूब जानते हो ठाकुर....।'

'हूं...अब...अब क्या होगा?'

वैदराज के जबड़े भिंच गये—'अंग्रेजी सत्ता इस चुनौती का मुकाबला, हजारों निरपराधों पर जुल्म ढाकर करेगी!' उनका स्वर गंभीर था।

'किस पर जुल्म हो रहा है वैदराज मामा!' पीछे से आलोक की आवाज आई—'कम से कम सवेरे-सवेरे तो जुल्मों-सितम से परहेज किया करो...।' कहता हुआ वह चबूतरे की सीढ़ियां चढ़कर ऊपर आ गया। हाथ में उसके सूटकेस था। लगता था, जैसे कहीं बाहर से चला आ रहा हो।

'तुम...तुम कहीं बाहर गए थे क्या छोटे ठाकुर?' पूछा वैदराज ने।

'बाहर ही से तो चला आ रहा हूं....क्या पिताजी की तबीयत, फिर खराब हो गई थी...।?'

'नहीं, मैं ठीक हूं।' ठाकुर बोले—'बाहर से आये हो थके-थकाये, जाकर मुंह-हाथ धोकर विश्राम करो...।'

लेकिन आलोक ने जैसे उनकी बात सुनी ही नहीं—'वैदराज मामा, मैं तो राज की जमानत के लिए जमीन-आसमान एक कर रहा था और वह...अरे, यह अखबार...तो आप लोगों को सब कुछ मालूम हो ही गया है—।'

'तुम्हारा यह विप्लवी मित्र, इस समय कहां होगा, बतला सकते हो आलोक?' पूछा बड़े ठाकुर ने।

बड़े ठाकुर के इस प्रश्न से आलोक और वैदराज दोनों ही चौंक पड़े।

'मैं...मैं कैसे जान सकता हूं पिताजी...?'

'तुम....तुम उसकी जमानत के इंतजाम में लगे थे न? यह जानते हुए भी कि उस जैसे विप्लवी अपराधी की जमानत असंभव है...वैदराज, इस लड़के से कह दो कि मुझ अभागे पर दया करे, मेरा कलेजा छलनी हो चुका है। अब और बर्दाश्त नहीं होता...सच कहता हूं वैदराज....।'

'पिताजी...मैंने तो ऐसा कुछ नहीं किया—।' आलोक बोला—'राज मेरा दोस्त है। उसके लिए कुछ करता हूं तो अपना फर्ज समझकर। उससे आपको दुख होता है, चोट लगती है तो विश्वास करें, भविष्य में कभी उसका नाम भी जुबान पर न लाऊंगा—।' कहता हुआ वह तेजी से हवेली के भीतर चला गया।

'ठाकुर!'

'कहो वैदराज.....।'

'तुम्हारे दोनों लड़के आफत के परकाले निकले। एक ने तुम्हारी मूछों का तर्पण अपने क्रांतिकारी विवाह से किया तो दूसरे ने...।'

'चुप भी रहो वैदराज!' बड़े ठाकुर ने इतने करुण भाव से उनकी ओर निहारा कि वे सिहर उठे। एक छटपटाती रही सी सांस लेकर बड़े ठाकुर कहते रहे—'तकदीर ने मुझे अब तोड़कर रख दिया है वैदराज, तुम खूब जानते हो।'

'क्या?'

'यह सब मेरे कर्मों का फल है।'

'हूं।'

'तुम्हारा बदला क्या अब भी बाकी है?'

'कैसा बदला?'

'मैंने तुम पर जुल्म किया था न...।'

'केवल मुझ पर ही?'

'नहीं-नहीं...मैं तो जीवन भर अन्याय और अत्याचार ही सब पर करता रहा हूं, पर हूं तो आदमी ही न...।'

वैदराज ने धीरे से उनके कंधों पर हाथ रख दिया—'आदमी थे नहीं, पर अब बन जरूर गए हो। यही तो मैं तुम्हें स्वीकार कराना चाहता था। तुम आदमी बन गए हो, यही मेरा बदला है, यही सारे पापों का प्रायश्चित है। भूत को बिसार दो ठाकुर और भविष्य से जूझने को अपने को तैयार कर लो...बस।'

'मेरे उस अभागे.....राज का क्या होगा?'

'राज को बेटा कहने में अब भी हिचकते हो तुम ठाकुर...? अपने और पराये की भूल-भुलैया में अपने को अब तो मत भटकाओ...आगे जो होगा, देखा जाएगा। अब मैं चलता हूं। दो-चार दिन के लिए एक जरूरी काम से शहर जा रहा हूं।' कहकर वैदराज चबूतरे से नीचे उतर गए।

बडे ठाकुर ने अत्यंत निरीह भाव से जाते हुए वैदराज की ओर निहारा, फिर कसकर आंखें मूंद लीं। उनके हाथों में, बमकांड और राज के जेल से भागने के समाचार वाला अखबार अब भी था। अनजाने ही उन्होंने उस अखबार को अपनी छाती से लगा लिया। मुंदी आंखों की कोरों से एक के बाद एक आंसू की बूंदें लुढ़क कर, छाती से दबे अखबार पर पसरती रहीं...।

बहुत देर तक वे क्रांतिकारी 'राज' के छपे हुए फोटे वाले अखबार को सीने से लगाये आंसू बहाते रहे।

उसी समय बाहर से ठाकुर के लठैत सम्पत की कड़कती हुई आवाज सुनाई पड़ीं। शायद हमेशा की तरह वह किसी आसामी पर कड़क रहा था। कड़कती आवाज सुनकर ठाकुर की तन्द्रा भंग हो गई। उन्होंने सीने से लगे अखबार को सामने कर लिया और थरथरा रहे होंठों से कह उठे—'मेरे अभागे बेटे राज...कहां होगा तू इस समय—। हाय बेटे—यह कैसी मजबूरी है कि मैं...मैं चाहकर भी तेरे लिए कुछ नहीं कर सकता....।'

कहते हुए वे लड़खड़ाते पगों से हवेली के भीतर की ओर चले गए।

* * *